Oscar junior

Di Italo Calvino
NELLE EDIZIONI PER RAGAZZI

ITALO CALVINO

L'UCCEL BELVERDE
E ALTRE FIABE ITALIANE

Illustrazioni di Emanuele Luzzati

OSCAR MONDADORI

www.ragazzimondadori.it

© 2007 The Estate of Italo Calvino e Arnoldo Mondadori Editore S.p.A., Milano,
per il testo
© 2007 Arnoldo Mondadori Editore S.p.A., Milano, per le illustrazioni
Prima edizione Giulio Einaudi Editore S.p.A., 1956 e 1972
Prima edizione nella collana "I Classici" maggio 2007
Prima edizione nella collana "Oscar junior" marzo 2011
Terza ristampa gennaio 2015
Stampato presso ELCOGRAF S.p.A., Via Mondadori 15 - Verona
Printed in Italy
ISBN 978-88-04-60683-3

Giricoccola, il soldato napoletano, Rosmarina, i cinque scapestrati, Pomo e Scorzo, Naso d'Argento, Sfortuna, Giufà, Cecino, Giovannin senza paura, il gobbo Tabagnino si aggiungono al corteo di Biancaneve, Barbablù, Hänsel e Gretel.

FIABE PER I PIÙ PICCINI

GALLO CRISTALLO

C'era una volta un gallo che andava girando per il mondo. Trovò una lettera per strada, la raccolse col becco, la lesse; diceva:

Gallo cristallo, gallina cristallina, oca contessa, anatra badessa, uccellino cardellino, andiamo alle nozze di Pollicino.

Il gallo si mette in cammino per andarci, e dopo pochi passi incontra la gallina: — Dove vai, compare gallo?

— Vado alle nozze di Pollicino.

— Ci vengo anch'io?

— Se ci sei nella lettera — e ci guarda; legge: — Gallo cristallo, gallina cristallina... Ci sei, ci sei: allora, andiamo.

E si mettono in viaggio tutti e due. Dopo un altro po'
incontrano l'oca. — Oh, comare gallina e compare gallo, dove andate?

— Andiamo alle nozze di Pollicino.

— Ci vengo anch'io?

— Se ci sei nella lettera — e il gallo riapre la lettera
e legge: — Gallo cristallo, gallina cristallina, oca contessa... Ci sei; e andiamo!

Cammina cammina tutti e tre, e incontrano l'anatra.
— Dove andate, comare oca, comare gallina e compare gallo?

— Andiamo alle nozze di Pollicino.

— Ci vengo anch'io?

— E sì, se ci sei — legge: — Gallo cristallo, gallina
cristallina, oca contessa, anatra badessa... Ci sei: e be',
vieni anche tu!

Dopo un altro po' incontrarono l'uccellino cardellino. — Dove andate, comare anatra, comare oca, comare gallina e compare gallo?

— Andiamo alle nozze di Pollicino.

— Ci vengo anch'io?

— E sì, se ci sei! — Riapre la lettera: — Gallo cristallo, gallina cristallina, oca contessa, anatra badessa, uccellino cardellino... ci sei anche tu. — E si misero in
cammino tutti e cinque.

Ecco che incontrarono il lupo, e anche il lupo chiese
dove andavano.

— Andiamo alle nozze di Pollicino — rispose il gallo.

— Ci vengo anch'io?

— Sì, se ci sei! — e il gallo rilesse la lettera, ma il lupo
non c'era.

— Ma io ci voglio venire! — disse il lupo.

E quelli, per paura, risposero: — ... E andiamo.

Fatti un altro po' di passi, il lupo disse tutt'a un tratto: — Ho fame.

Il gallo gli rispose: — Io da darti non ho niente...

— Allora mi mangio te! — e il lupo spalancò la bocca e se lo inghiottì sano sano.

Dopo un altro po' di strada, ripeté: — Ho fame. — La gallina gli rispose come aveva risposto il gallo, e il lupo s'ingollò anche lei. E così fece con l'oca e così con l'anatra.

Rimasero soli il lupo e l'uccellino. Il lupo disse: — Uccellino, ho fame!

— E che vuoi che io ti dia?

— Allora mi mangio te! — Spalancò la bocca... e l'uccellino gli si posò sulla testa. Il lupo si sforzava d'acchiapparlo, ma l'uccellino svolazzava di qua, svolazzava di là, saltava su una frasca, su un ramo, poi tornava sulla testa del lupo, sulla coda, e lo faceva ammattire. Quando il lupo si fu stancato per bene, vide lontano venirsene una donna con una canestra sulla testa, che portava da mangiare ai mietitori. L'uccellino chiamò il lupo: — Se mi salvi la vita, io ti faccio fare una mangiata di tagliolini e carne, che quella donna porta ai mietitori. Perché lei, quando mi vedrà, mi vorrà acchiappare, io volerò via e salterò da una frasca all'altra. Lei poserà la canestra per terra, e tu potrai mangiarti tutto.

Difatti, venne la donna, vide l'uccellino così bello, e subito stese la mano per pigliarlo, ma quello s'alzò un tantino. La donna posò la canestra e gli corse dietro. Allora il lupo andò alla canestra e mangiò.

— Aiuto! Aiuto! — grida la donna. Arrivano tutti i mietitori, chi con la falce, chi col bastone, saltano sul lupo e l'ammazzano. Dalla pancia saltano fuori sani e salvi il gallo cristallo, la gallina cristallina, l'oca contessa, l'anatra badessa, e insieme all'uccellino cardellino, vanno alle nozze di Pollicino.

(Marche)

C'era una volta un branco di ochine che andavano in Maremma a far le uova. A mezza strada una si fermò. — Sorelle mie, devo far subito l'uovo, fino in Maremma non ci arrivo, andate pure senza di me.

— Aspetta!

— Trattienilo!

— Non ci lasciare!

Ma l'ochina doveva proprio far l'uovo. S'abbracciarono, si salutarono, promisero di ritrovarsi al ritorno, e l'ochina s'inoltrò in un bosco. Ai piedi d'una vecchia quercia fece un nido di foglie secche e depose il primo uovo. Poi andò in cerca d'erba fresca e acqua limpida per desinare.

Tornò al nido a tramonto di sole, e l'uovo non c'era più. L'ochina era disperata. Il giorno dopo, pensò di salire sulla quercia e fare il secondo uovo tra i rami, per metterlo in salvo. Poi scese dall'albero tutta contenta, e andò a cercare da mangiare come il giorno prima. Al ritorno l'uovo era scomparso. L'ochina pensò: "Nel bosco dev'esserci la volpe, che si beve le mie uova."

Andò al paese vicino e bussò alla bottega del fabbro ferraio.

— Signor fabbro ferraio, me la fareste una casina di ferro?

— Sì, se tu mi fai cento paia d'uova.

— Va bene, mettetemi qui una cesta, e mentre voi mi farete la casina, io vi farò le uova.

L'ochina s'accoccolò e ogni martellata che il fabbro dava sulla casina di ferro, lei faceva un uovo. Quando il fabbro ebbe dato il duecentesimo colpo di martello, l'ochina scodellò il duecentesimo uovo e saltò fuori dalla cesta. — Signor fabbro ferraio, ecco le cento paia d'uova che le avevo promesso.

— Signora ochina, ecco la tua casina finita.

L'ochina ringraziò, mise la casa in spalla, se la portò nel bosco e la posò in un prato. "È proprio il posto che ci vuole per i miei ochini; qui c'è l'erba fresca da mangiare e un ruscello per fare il bagno." E tutta soddisfatta si chiuse dentro per fare finalmente le sue uova in pace.

La volpe intanto era tornata alla quercia e non aveva trovato più uova. Si mise a cercare per il bosco, finché non capitò in quel prato e trovò la casina di ferro. "Scommetto che c'è dentro l'ochina" pensò, e bussò alla porta.

— Chi è?

— Sono io, la volpe.

— Non posso aprire, covo le uova.

— Ochina, apri.

— No, perché mi mangi.

— Non ti mangio, ochina, apri. Bada, ochina, che se non apri subito,

Monto sul tetto,
Faccio un balletto,
Ballo il trescone,
Butto giù casa e casone.

E l'ochina:

Monta sul tetto,
Facci un balletto,
Balla il trescone,
Non butti giù né casa né casone.

La volpe saltò sul tetto e patapùn e patapàn cominciò a saltare in tutti i sensi. Ma sì! Più saltava più la casa di ferro diventava solida. Tutta impermalita la volpe saltò giù e corse via, e l'ochina le rideva dietro a crepapelle.

Per un po' di giorni la volpe non si fece vedere, ma l'ochina nell'uscire era sempre prudente. Le uova s'erano schiuse ed erano nati tanti ochini.

Un giorno, si sente bussare.

— Chi è?

— Sono io, la volpe.

— Cosa vuoi?

— Sono venuta a dirti che domani c'è la fiera. Vuoi che ci andiamo insieme?

— Volentieri. A che ora vieni a prendermi?

— Quando vuoi.

— Allora vieni alle nove. Più presto non posso, devo badare ai miei ochini.

E si salutarono da buone amiche. La volpe già si leccava i baffi, sicura di mangiarsi l'oca e i suoi ochini in due bocconi.

Ma l'oca la mattina dopo s'alzò all'alba, diede da mangiare agli ochini, li baciò, raccomandò loro di non aprire a nessuno e andò alla fiera.

Erano appena le otto, e la volpe bussava alla casina di ferro.

— La mamma non c'è — dissero gli ochini.

— Apritemi! — ordinò la volpe.

— La mamma non vuole.

La volpe disse fra sé: "Vi mangerò dopo" e forte: — Quant'è che la mamma è andata via?

— È uscita stamattina presto.

La volpe non stette a sentir altro: via di corsa. La povera ochina, dopo aver fatto le sue spese, stava tornando a casa, quando vide arrivare la volpe di corsa, con la lingua fuori. "Dove mi metto in salvo?" Alla fiera aveva comprato una gran zuppiera. Mise il coperchio per terra, ci s'accovacciò sopra, e si tirò addosso il recipiente rovesciato.

La volpe si fermò. — Guarda che bel monumento! Voglio portargli dei fiori! — Raccolse un bel mazzo di fiori e lo posò davanti alla zuppiera. L'ochina mise pian piano la testa fuori, raccolse i fiori, riprese la zuppiera e filò a casa a riabbracciare gli ochini.

Intanto la volpe girava per la fiera, guardava sotto i

banchi senza riuscire a trovare l'ochina. "Eppure per strada non l'ho incontrata, dev'essere ancora qui" e ricominciava il giro. La fiera era finita, i venditori riponevano le merci non vendute, disfacevano i banchi, ma dell'ochina la volpe non trovava traccia. "Anche stavolta me l'ha fatta!"

Mezzo morta di fame tornò alla casetta di ferro e bussò.

— Chi è?

— Sono io, la volpe. Perché non m'hai aspettata?

— Faceva caldo. E poi pensavo d'incontrarti per strada.

— Ma che strada hai fatto?

— Ce n'è una sola.

— E come mai non ci siamo viste?

— Io t'ho vista. Ero dentro al monumento…

La volpe era rabbiosa. — Ochina, aprimi.

— No, perché mi mangi.

— Bada, ochina,

Monto sul tetto,
Faccio un balletto,
Ballo il trescone,
Butto giù casa e casone.

E l'ochina:

Monta sul tetto,
Facci un balletto,
Balla il trescone,
Non butti giù né casa né casone.

Patapùn e patapàn, salta e risalta, la casa di ferro diventava sempre più forte.

Per molti giorni la volpe non si fece più vedere. Ma una mattina si sentì bussare.

— Chi è?

— Sono io, la volpe, apri.

— Non posso, sono occupata.

— Volevo dirti che sabato c'è il mercato. Vuoi venire con me?

— Volentieri. Passa a prendermi.

— Dimmi l'ora precisa, che non succeda come per la fiera.

— Diciamo le sette, prima non posso.

— D'accordo — e si lasciarono da buone amiche.

Il sabato mattina, prima di giorno, l'oca ravviò le penne degli ochini, dette loro l'erba fresca, raccomandò di non aprire a nessuno, e partì. Erano appena le sei quando arrivò la volpe. Gli ochini le dissero che la mamma era già partita, e la volpe si mise a correre per raggiungerla.

L'ochina era ferma davanti a un banco di poponi quando vide in lontananza la volpe che arrivava. A scappare non faceva più a tempo. Vide in terra un popone grosso grosso, ci fece un buco col becco e ci entrò dentro. La volpe prese a girare per tutto il mercato in cerca dell'ochina. "Forse non è ancora arrivata" si disse, e andò al banco dei poponi per sceglersi il più buono. Dava un morso all'uno, assaggiava l'altro, ma la buccia era sempre troppo amara e li scartava tutti. Alla fine vide quello grosso grosso posato in terra. "Questo sì che dev'essere buono!" e gli diede un morso più forte che agli altri. L'ochina che proprio da quella parte aveva il becco, si vide aprire una finestrina e sputò fuori.

— Puh! Puh! Com'è cattivo! — esclamò la volpe, e fece rotolare via il popone. Il popone rotolò giù per una scarpata, si spaccò contro una pietra, l'ochina saltò fuori e corse a casa.

La volpe, dopo aver girato per il mercato fino al calar del sole, andò a bussare alla casina di ferro. — Ochina, hai mancato di parola, non sei stata al mercato.

— Sì che c'ero. Ero dentro quel popone grosso grosso.

— Ah, me l'hai fatta un'altra volta! Adesso apri!

— No, perché mi mangi.

— Bada, ochina,

Monto sul tetto,
Faccio un balletto,
Ballo il trescone,
Butto giù casa e casone.

E l'ochina:

Monta sul tetto,
Facci un balletto,
Balla il trescone,
Non butti giù né casa né casone.

Patapùn, patapàn, ma la casa di ferro non si scuoteva neanche più.

Passò del tempo. Un giorno la volpe tornò a bussare. — Via, ochina, facciamo la pace. Per dimenticare il passato, facciamo una bella cena insieme.

— Volentieri, ma non ho nulla di tuo gusto da offrirti.

— A questo penso io; tu penserai a cuocere e ad apparecchiare. — E la volpe cominciò ad andare e venire ora con un salame, ora con una mortadella, o un formaggio, o un pollo, tutte cose che rubava in giro. La casina di ferro ormai era piena zeppa di roba.

Venne il giorno fissato per la cena. La volpe per aver più appetito non mangiava da due giorni: ma lei, si sa, non pensava alle mortadelle o ai formaggi, pensava ai bei bocconi che si sarebbe fatti dell'oca o degli ochini. Andò alla casa di ferro e chiamò: — Ochina, sei pronta?

— Sì, quando vuoi venire tutto è pronto. Devi però adattarti a passare dalla finestra. La tavola apparecchiata arriva fino alla porta e non la posso aprire.

— Per me è lo stesso. Tutto sta ad arrivare alla finestra.

— Butto giù una corda. Tu infila la coda nel cappio e io ti tiro su per la coda.

La volpe che non vedeva l'ora di mangiarsi l'ochina mise la coda nel cappio, e restò legata per la coda. Più tirava, più sgambettava, più il nodo scorsoio stringeva, più soffocava. L'ochina la tirò su, la tirò su, poi la lasciò andar giù di colpo: cadde in terra stecchita.

— Venite, ochini — disse allora aprendo la porta — venite a mangiare l'erba fresca e a fare il bagno nel ruscello. — E gli ochini finalmente uscirono di casa starnazzando, svolazzando, rincorrendosi.

Un giorno l'ochina sentì un batter d'ali e un gridìo. Era l'epoca del ritorno delle oche dalla Maremma. "Fossero le mie sorelle!" Andò sulla strada e vide venirne un branco, con dietro tutti gli ochini nuovi nati. Si fecero tante feste, da buone sorelle, e l'ochina raccontò loro le sue traversie con la volpe. Alle sorelle piacque tanto la casina che andarono tutte dal fabbro ferraio a farsene fare una ciascuna. E anche adesso, non so dove, in un prato, c'è il paese delle ochine, tutte nelle casettine di ferro, al sicuro dalla volpe.

(Siena)

Pierino Pierone era un bambino alto così, che andava a scuola. Per la strada di scuola c'era un orto con un pero, e Pierino Pierone ci s'arrampicava a mangiar le pere. Sotto il pero passò la Strega Bistrega e disse:

> *Pierino Pierone dammi una pera*
> *Con la tua bianca manina,*
> *Ché a vederle, son sincera,*
> *Sento in bocca l'acquolina!*

Pierino Pierone pensò: "Questa si sente l'acquolina in bocca perché vuole mangiare me, non le pere" e non voleva scendere dall'albero. Colse una pera e la buttò alla Strega Bistrega. Ma la pera cascò sul naso della Strega Bistrega e rimbalzò lontano.

La Strega Bistrega ripeté:

Pierino Pierone dammi una pera
Con la tua bianca manina,
Ché a vederle, son sincera,
Sento in bocca l'acquolina!

Ma Pierino Pierone non scese e buttò un'altra pera, e la pera cadde su un occhio della Strega Bistrega e rimbalzò lontano.

La Strega Bistrega ripeté la sua preghiera e Pierino Pierone pensò che era meglio accontentarla. Scese e le porse una pera. La Strega Bistrega aperse il sacco ma invece di metterci la pera ci mise Pierino Pierone, legò il sacco e se lo mise in spalla.

Fatto un pezzo di strada, la Strega Bistrega vide un prato pieno di funghi: posò il sacco e andò a raccogliere i funghi per mangiarli per contorno. Pierino Pierone intanto, coi suoi dentini da topo, aveva rosicchiato la corda che legava il sacco: saltò fuori, ficcò nel sacco una bella pietra e scappò. La Strega Bistrega riprese il sacco e se lo mise sulle spalle.

Ahimè Pierino Pierone
Pesi come un pietrone!

disse, e andò a casa. L'uscio era chiuso e la Strega Bistrega chiamò sua figlia:

Margherita Margheritone,
Vieni giù e apri il portone
E prepara il calderone
Per bollire Pierino Pierone.

Margherita Margheritone aprì e poi mise sul fuoco un calderone pieno d'acqua. Appena l'acqua bollì, la Strega Bistrega ci vuotò dentro il sacco. — *Plaff!* — fece la pietra, e sfondò il calderone; l'acqua andò sul fuoco e tutt'intorno e bruciò le gambe alla Strega Bistrega.

Mamma mia cosa vuol dire:
Porti i sassi da bollire?

ITALO CALVINO

disse Margherita Margheritone. E la Strega Bistrega saltando per il bruciore:

Figlia mia, riaccendi il fuoco,
Io ritorno qui tra poco.

Cambiò vestito, si mise una parrucca bionda, e andò via col sacco.

Pierino Pierone invece d'andare a scuola era tornato sul pero. Ripassò la Strega Bistrega travestita, sperando di non esser riconosciuta, e gli disse:

Pierino Pierone dammi una pera
Con la tua bianca manina,
Ché a vederle, son sincera,
Sento in bocca l'acquolina!

Ma Pierino Pierone l'aveva riconosciuta lo stesso e si guardava bene dallo scendere:

Non do pere alla Strega Bistrega
Se no mi prende e nel sacco mi lega.

E la Strega Bistrega lo rassicurò:

Non sono chi credi, son sincera,
Arrivata son qui stamattina,
Pierino Pierone dammi una pera
Con la tua bianca manina.

E tanto disse tanto fece che Pierino Pierone si persuase e scese a darle una pera. La Strega Bistrega lo ficcò subito nel sacco.

Arrivati a quel prato, volle di nuovo fermarsi per raccogliere dei funghi, ma stavolta il sacco era legato così forte che Pierino Pierone non poteva scappare. Allora il ragazzo si mise a fare il verso della quaglia. Passò un cacciatore con un cane cercando quaglie, trovò il sacco e l'aperse. Pierino Pierone saltò fuori e supplicò il cacciatore di mettere il cane al suo posto nel sacco. Quando la Strega Bistrega tornò e riprese il sacco, il cane lì dentro non faceva che dimenarsi e guaire, e la Strega Bistrega diceva:

Pierino Pierone non ti rimane
Che saltare e guaire come un cane.

Arrivò alla porta e chiamò la figlia:

Margherita Margheritone,
Vieni giù e apri il portone
E prepara il calderone
Per bollire Pierino Pierone.

Ma quando fece per rovesciare il sacco nell'acqua

bollente, il cane furioso sgusciò fuori, le morse un polpaccio, saltò in cortile e cominciò a sbranar galline.

Mamma mia, che casi strani,
Tu per cena mangi i cani?

disse Margherita Margheritone. E la Strega Bistrega:

Figlia mia, riaccendi il fuoco,
Io ritorno qui tra poco.

Cambiò vestito, si mise una parrucca rossa e tornò al pero; e tanto disse tanto fece che Pierino Pierone si lasciò acchiappare un'altra volta. Questa volta non si fermò in nessun posto e portò il sacco fino a casa, dove sua figlia l'aspettava sull'uscio.

— Prendilo e chiudilo nella stia — le disse — e domani di buonora, mentre io sono via, fallo in spezzatino con i funghi.

Margherita Margheritone, l'indomani mattina, prese un tagliere e una mezzaluna e aperse uno spiraglio nella stia.

Pierino Pierone fammi un piacere,
Metti la testa su questo tagliere.

E lui:

Come? Fammi un po' vedere.

Margherita Margheritone posò il collo sul tagliere e

Pierino Pierone prese la mezzaluna, le tagliò la testa e la mise a friggere in padella.

Venne la Strega Bistrega ed esclamò:

Margheritone figlia mia bella,
Chi t'ha messa lì in padella?

— Io! — fece Pierino Pierone su dalla cappa del camino.

— Come hai fatto a salire lassù? — chiese la Strega Bistrega.

— Ho messo una pignatta sopra l'altra e sono salito.

Allora la Strega Bistrega provò a farsi una scala di pignatte per salire ad acchiapparlo, ma sul più bello sfondò le pignatte, cadde nella padella e restò fritta.

(Friuli)

CECINO E IL BUE

C' era uno stagnino che non aveva figlioli. Un giorno sua moglie era sola in casa e faceva cuocere dei ceci. Passò una povera e ne chiese una scodella in elemosina.

— Non che noi di ceci se ne abbia d'avanzo — disse la moglie dello stagnino — ma dove si mangia in due si può mangiare anche in tre: eccovi una scodella e appena i ceci sono cotti ve ne do un mestolo pieno.

— Finalmente ho trovato un'anima buona! — disse la povera. — Sappiate che io sono una fata e voglio premiarvi per la vostra generosità. Chiedetemi quello che volete.

— Che cosa posso chiedere? — disse la donna. — L'unico cruccio che ho è quello di non aver figlioli.

— Se non è che questo — disse la fata, battendo le mani — che i ceci nella pentola vi diventino figli!

Il fuoco si spense e dalla pentola, come ceci che bollono, saltarono fuori cento bambini, piccoli come chicchi di cece e cominciarono a gridare: — Mamma ho fame! Mamma ho sete! Mamma prendimi in collo! — e a spargersi per i cassetti, i fornelli, i barattoli. La donna, spaventata, si mise le mani nei capelli: — E come farò adesso, povera me, a sfamare tutte queste creature? Bel premio m'avete dato! Se prima, senza bambini, ero triste, adesso che ne ho cento sono ridotta alla disperazione!

— Io credevo di farvi contenta — disse la fata — ma se non è così, che i vostri figliolini ritornino ceci! — e batté un'altra volta le mani.

Le vocine non si sentirono più e al posto dei figliolini c'erano solo tanti ceci sparpagliati per la cucina. La donna aiutata dalla fata li raccolse e li rimise nella pentola; erano novantanove.

— Che strano — disse la fata — avrei giurato che erano cento!

Poi la fata mangiò la sua scodella di minestra, salutò e se ne andò.

Rimasta sola, la donna fu ripresa da una gran tristezza; le venne da piangere, e diceva: — Oh, ne fosse rimasto almeno uno; ora mi aiuterebbe, e potrebbe portare da mangiare a suo padre in bottega!

Allora si sentì una vocina che diceva: — Mamma, non piangete, ci sono ancora io! — Era uno dei figliolini, che s'era nascosto dietro il manico della brocca.

La donna fu tutta felice: — Oh, caro, vieni fuori, come ti chiami?

— Cecino — disse il bambino scivolando giù per la brocca e mettendosi in piedi sul tavolo.

— Bravo il mio Cecino! — disse la donna — ora devi andare in bottega a portare da mangiare al babbo. — Preparò il paniere e lo mise in testa a Cecino.

Cecino cominciò ad andare e si vedeva solo il paniere che sembrava camminasse da solo. Domandò la strada a un paio di persone e tutti prendevano spavento perché credevano che fosse un paniere che parlava. Così arrivò alla bottega e chiamò: — Babbo, o babbo! Vieni: ti porto da mangiare.

Suo padre pensò: "Chi è che mi chiama? Io non ho mai avuto figlioli!" Uscì e vide il paniere e di sotto al paniere veniva una vocina: — Babbo, alza il paniere e mi vedrai. Sono tuo figlio Cecino, nato stamattina.

L'alzò e vide Cecino. — Bravo, Cecino! — disse il babbo, che faceva il magnano — ora verrai con me che devo fare un giro per le case dei contadini per sentire se hanno qualcosa di rotto da accomodare.

Così il babbo si mise in tasca Cecino e andarono. Per la strada non facevano che chiacchierare e la gente vedeva l'uomo che pareva parlasse da solo, e pareva fosse matto.

Chiedeva nelle case: — Avete nulla da stagnare?

— Sì, ne avremmo della roba — gli risposero — ma a voi non la diamo perché siete matto.

— Come matto? Io sono più savio di voi! Cosa dite?

— Diciamo che per la strada non fate che parlare da solo.

— Macché solo. Discorrevo con mio figlio.

— E dove l'avete questo figlio?

— In tasca.

— Ecco: cosa dicevamo? Siete matto.

— Be', ve lo farò vedere — e tirò fuori Cecino a cavallo d'un suo dito.

— Oh, che bel figliolo! Mettetelo a lavorare da noi, che gli facciamo far la guardia al bue.

— Ci staresti, Cecino?

— Io sì.

— E allora, ti lascio qui e passerò a riprenderti stasera.

Cecino fu messo a cavallo d'un corno del bue e pareva che il bue fosse solo, lì per la campagna. Passarono due ladri e visto il bue incustodito lo vollero rubare. Ma Cecino si mise a gridare: — Padrone! Vieni, padrone!

Corse il contadino e i ladri gli chiesero: — Buon uomo, da dove viene questa voce?

— Ah — disse il padrone. — È Cecino. Non lo vedete? È lì su un corno del bue.

I ladri guardarono Cecino e dissero al contadino: — Se ce lo cedete per qualche giorno vi faremo diventar ricco — e il contadino lo lasciò andare coi ladri.

Con Cecino in tasca, i ladri andarono alla stalla del Re per rubare cavalli. La stalla era chiusa, ma Cecino passò per il buco della serratura, aprì, andò a slegare i cavalli e corse via con loro nascosto nell'orecchio d'un cavallo. I ladri erano fuori ad aspettarlo, montarono sui cavalli e galopparono via a casa.

Arrivati a casa dissero a Cecino: — Senti, noi siamo stanchi e andiamo a dormire. Da' tu la biada ai cavalli.

Cecino cominciò a mettere le museruole ai cavalli, ma cascava dal sonno e finì per addormentarsi in una

museruola. Il cavallo non s'accorse di lui e lo mangiò insieme alla biada.

I ladri, non vedendolo più tornare, scesero a cercarlo nella stalla. — Cecino, dove sei?

— Sono qui — rispose una vocina — sono in pancia a un cavallo!

— Quale cavallo?

— Questo qui!

I ladri sbuzzarono un cavallo, ma non lo trovarono. — Non è questo. In che cavallo sei?

— In questo! — e i ladri ne sbuzzarono un altro.

Così continuarono a sbuzzare un cavallo dopo l'altro finché non li ebbero ammazzati tutti, ma Cecino non l'avevano trovato. S'erano stancati e dissero: — Peccato! L'abbiamo perso! E dire che ci faceva tanto comodo! E per di più abbiamo perso tutti i cavalli! — Presero le carogne, le buttarono in un prato e andarono a dormire.

Passò un lupo affamato, vide i cavalli sbuzzati e ne fece una scorpacciata. Cecino era ancora là nascosto nella pancia d'un cavallo e il lupo lo ingoiò. Così se ne stette nella pancia del lupo e quando al lupo tornò fame e si avvicinò a una capra legata in un campo, Cecino di là dentro si mise a gridare: — Al lupo, al lupo! — finché venne il padrone della capra e fece scappare il lupo.

Il lupo disse: — Come mai faccio queste voci? Devo aver la pancia piena d'aria! — e cominciò a cercare di buttar fuori l'aria.

"Be', adesso non l'avrò più" pensò. "Andrò a mangiare una pecora."

Ma quando fu vicino alla stalla della pecora, Cecino dalla sua pancia ricominciò a gridare: — Al lupo! Al lupo! — finché non si svegliò il padrone della pecora.

Il lupo era preoccupato. "Ci ho ancora quest'aria nella pancia che mi fa fare questi rumori" e ricominciò a cercare di buttarla fuori. Spara fuori aria, una volta, due volte, alla terza saltò fuori anche Cecino e si nascose in un cespuglio. Il lupo, sentendosi liberato, tornò verso le stalle.

Passarono tre ladri e si misero a contare i denari rubati. Uno dei ladri cominciò: — Uno due tre quattro cinque... — E Cecino, dal cespuglio gli faceva il verso: — Uno due tre quattro cinque...

Il ladro disse ai compagni: — State zitti che mi confondete. Chi dice una parola l'ammazzo. — Poi riprese a contare: — Uno due tre quattro cinque...

E Cecino: — Uno due tre quattro cinque...

— Ah, non vuoi star zitto? — dice il ladro a uno dei compagni. — Ora t'ammazzo!

E l'ammazza. E all'altro: — Tu se vuoi fare la stessa fine sai come hai da fare... — E ricomincia: — Uno due tre quattro cinque...

E Cecino ripeté: — Uno due tre quattro cinque...

— Non sono io che parlo — disse l'altro ladro — ti giuro, non sono io...

— Credi di far lo stupido con me! Io t'ammazzo! — E l'ammazzò. — Ora sono solo — si disse — potrò contare i denari in pace e tenermeli tutti per me. Uno due tre quattro cinque...

E Cecino: — Uno due tre quattro cinque...

Al ladro si rizzarono i capelli sulla testa: — Qui c'è

qualcuno nascosto. È meglio che scappi. — Scappò e
lasciò lì i denari.

Cecino col sacco dei denari in testa se ne andò a casa
e bussò. Sua madre aprì e vide solo il sacco di denari.
— È Cecino! — disse. Alzò il sacco e sotto c'era suo figlio e l'abbracciò.

(Firenze)

I DUE GOBBI

C'erano due gobbi, fratelli. Il gobbo più giovane disse: — Voglio andare a far fortuna — e si mise in viaggio. Cammina cammina, dal tanto camminare si perdette in un bosco.

"E ora cosa faccio? Se venissero gli assassini... Meglio che salga su quest'albero." Quando fu sull'albero, sentì un rumore. "Eccoli, aiuto!"

Invece, da una buca là per terra cominciò a uscire una vecchina, e poi un'altra vecchina, e un'altra ancora, tutta una fila di vecchine l'una dietro l'altra che si misero a girare intorno all'albero, cantando:

Sabato e Domenica!
Sabato e Domenica!

E così continuavano a girare in tondo e ripetevano sempre da capo:

Sabato e Domenica!

Il gobbo, di lassù in cima all'albero, fece:

E Lunedì!

Le vecchine restarono ammutolite, guardarono in su e una di loro disse: — Oh, chi è stata quell'anima buona che ci ha detto questa bella cosa! A noialtre non ci sarebbe mai venuto in mente!

E si rimisero a girare intorno all'albero, tutte felici, cantando:

Sabato, Domenica
E Lunedì!
Sabato, Domenica
E Lunedì!

Dopo un po' che giravano, s'accorsero del gobbo che era in mezzo ai rami. Lui tremava. — Per carità, vecchine, non m'ammazzate: m'è scappato detto quello, ma non volevo dir nulla di male.

— Anzi, scendi, ti vogliamo ricompensare. Chiedi qualunque grazia e te la faremo.

Il gobbo scese dall'albero.

— Allora, chiedi!

— Io sono un pover'uomo; cosa volete che chieda? La cosa che vorrei sarebbe che mi fosse levata questa gobba, perché tutti i ragazzi mi canzonano.

— E la gobba ti sarà levata.

Le vecchine presero una sega di burro, gli segarono

la gobba, gli unsero la schiena con un unguento, la fecero tornare sana che non si vedeva niente, e la gobba l'appesero all'albero.

Il gobbo tornò a casa che non era più gobbo e nessuno del paese lo riconosceva più. — Oh! Ma non sei tu! — gli fece suo fratello.

— Sì che sono io! Lo vedi come sono diventato bello?

— E come hai fatto?

— Sta' a sentire — e gli raccontò dell'albero, delle vecchine e del loro canto.

— Ci voglio andare anch'io — disse il fratello.

Si mise in viaggio, entrò in quel bosco, salì su quell'albero. Alla stessa ora, dal buco uscirono le vecchine cantando:

Sabato, Domenica
E Lunedì!
Sabato, Domenica
E Lunedì!

E il gobbo, dall'albero:

E Martedì!

Le vecchie presero a cantare:

Sabato, Domenica
E Lunedì!
E Martedì!

ma non veniva bene, non tornava più il verso.

Si voltarono in su tutte invelenite: — E chi è quest'infame, chi è quest'assassino? Cantavamo così bene e ci ha sciupato tutto! Ora non ci torna più il verso! — Finalmente lo videro tra i rami. — Scendi! Scendi!

— No che non scendo! — diceva il gobbo pieno di paura. — Voi m'ammazzate!

— Scendi! Non t'ammazziamo.

Il gobbo scese, le vecchine staccarono dall'albero la gobba di suo fratello e gliel'appiccicarono davanti. — Ecco il castigo che ti meriti!

Così il povero gobbo tornò a casa con due gobbe invece di una.

(Firenze)

FIABE PER LE BAMBINE

Una volta un uomo aveva un pero, che gli faceva quattro corbe di pere all'anno. Accadde che un anno gliene fece solo tre corbe e mezzo, e al Re bisognava portarne quattro. Non sapendo come riempire la quarta corba, ci mise dentro la più piccina delle sue figliole, e poi la coprì di pere e foglie.

Le corbe furono portate nella dispensa del Re, e la bambina rotolò insieme alle pere e si nascose. Stava lì, nella dispensa, e non avendo altro da mangiare, rosicchiava le pere. Dopo un po' i servitori s'accorsero che la provvista di pere scemava, e trovarono anche i torsoli. Dissero: — Ci dev'essere un topo o una talpa che rosicchia le pere: bisogna guardarci — e frugando tra le stuoie trovarono la bambina.

Le dissero: — Che fai qui? Vieni con noi, e servirai nella cucina del Re.

La chiamarono Perina, e Perina era una bambina così brava che in poco tempo sapeva fare le faccende meglio delle serve del Re, ed era tanto graziosa da farsi voler bene da tutti. Anche il figlio del Re, che aveva la sua età, stava sempre insieme a Perina, e tra loro nacque una grande simpatia.

Come la ragazza cresceva, cresceva l'invidia delle serve; per un po' stettero zitte, poi cominciarono a cercar di mettere male. Così si misero a dire che Perina s'era vantata d'andare a pigliare il tesoro alle streghe. La voce arrivò alle orecchie del Re, che la chiamò e le disse: — È vero che ti sei vantata d'andare a pigliare il tesoro alle streghe?

Perina disse: — No che non è vero, Sacra Corona; non so nulla io.

Ma il Re insistette: — L'hai detto e parola data bisogna che tu la mantenga — e la cacciò dal palazzo finché non avesse portato quel tesoro.

Cammina cammina, venne notte. Perina incontrò un albero di melo e non si fermò. Incontrò un albero di pesco e non si fermò. Incontrò un albero di pero, s'arrampicò tra i rami e s'addormentò.

Al mattino al piede dell'albero c'era una vecchiettina. — Cosa fai quassù, bella figliola? — le chiese la vecchiettina.

E Perina le raccontò le difficoltà in cui si trovava. La vecchietta le disse: — Tieni queste tre libbre di sugna, queste tre libbre di pane e queste tre libbre di saggina e va' sempre avanti. — Perina la ringraziò molto e proseguì il cammino.

Arrivò in un luogo dove c'era un forno. E c'erano tre

donne che si strappavano i capelli, e coi capelli spazzavano il forno. Perina diede loro le tre libbre di saggina e loro presero a spazzare il forno con la saggina e la lasciarono passare.

Cammina cammina arrivò a un luogo dove c'erano tre cani mastini che abbaiavano e saltavano addosso alle persone. Perina gettò loro le tre libbre di pane e la lasciarono passare.

Cammina cammina arrivò a un fiume d'acqua rossa che pareva sangue e non sapeva come attraversarlo. Ma la vecchina le aveva detto che dicesse:

Acquetta bella acquetta,
Se non avessi fretta
Ne berrei una scodelletta.

A quelle parole l'acqua si ritirò e la lasciò passare.

Al di là di quel fiume, Perina vide uno dei palazzi più belli e grandi che fossero al mondo. Ma la porta s'apriva e serrava così in fretta che nessuno ci poteva entrare. Perina allora con le tre libbre di sugna unse i cardini e la porta cominciò ad aprirsi e chiudersi dolcemente.

Entrata nel palazzo, Perina vide la cassetta del tesoro sopra un tavolino. La prese e fece per tornar via, quando la cassettina cominciò a parlare.

— Porta ammazzala, porta ammazzala! — diceva la cassetta.

E la porta rispondeva: — No che non l'ammazzo, perché da tanto non ero unta e lei m'ha unta.

Perina arrivò al fiume e la cassetta diceva: — Fiume affogala, fiume affogala!

E il fiume rispondeva: — No che non la affogo, perché m'ha detto acquetta bella acquetta.

Arrivò dai cani, e la cassetta: — Cani mangiatela, cani mangiatela! — e i cani: — No che non la mangiamo, perché ci ha dato tre libbre di pane.

Passò dal forno: — Forno bruciala, forno bruciala!

E le donne: — No che non la bruciamo, perché ci ha dato tre libbre di saggina e così risparmiamo i capelli.

Appena fu vicina a casa, Perina, curiosa come tutte le ragazzine, volle vedere cosa c'era nella cassetta. L'aperse e scappò via una gallina coi pulcini d'oro. Zampettavano via così veloci che non si potevano raggiungere. Perina si mise a correre loro dietro. Passò dall'albero di melo e non li trovò, passò dall'albero di pesco e non li trovò, passò dall'albero di pero e c'era la vecchiettina con una bacchetta in mano che pascolava la gallina coi pulcini d'oro. — Sciò, sciò — fece la vecchietta e la gallina coi pulcini d'oro rientrò nella cassetta.

Tornando a casa, Perina si vide venire incontro il figlio del Re. — Quando mio padre ti chiederà cosa vuoi per premio, tu di' quella cassa piena di carbone che è in cantina.

Sulla soglia del palazzo reale, c'erano le serve, il Re e tutti quelli della Corte, e Perina diede al Re la gallina coi pulcini d'oro. — Domanda quello che vuoi — disse il Re — te lo darò.

E Perina rispose: — La cassa di carbone ch'è in cantina. — Le diedero la cassa di carbone, l'aperse e saltò fuori il figlio del Re che ci s'era nascosto dentro. Allora il Re si contentò che Perina sposasse il suo figliolo.

(Monferrato)

Si racconta che c'era un marito e una moglie, e avevano due figli, maschio e femmina. Morì la moglie, e il marito passò a seconde nozze; e la nuova moglie aveva una figlia orba da un occhio.

Il marito era contadino e andò in un feudo a lavorare. La moglie, quei due bambini di cui era matrigna, non li poteva vedere; fece il pane e li mandò a portarlo al marito; ma per farli perdere li mandò in un altro feudo, dalla parte opposta. I bambini arrivarono a una montagna e cominciarono a chiamare il padre: — Tata! Tata! — ma rispondeva loro solo l'eco.

Si persero, e così camminarono a caso per la campagna, e al fratellino venne sete. Trovarono una fontana e lui voleva bere; ma la sorellina, che era fatata e sapeva le virtù delle fontane, domandò:

Fontanella fontanella,
Chi ne beve una scodella
Cosa mai diventerà?

E la fontana rispose:

Chi dell'acqua mia berrà
Asinello diverrà.

Il fratellino si tenne la sete e andarono avanti. Trovarono un'altra fontana e il fratellino voleva buttarsi a bere. Ma la sorellina domandò:

Fontanella fontanella,
Chi ne beve una scodella
Cosa mai diventerà?

E la fontana rispose:

Chi dell'acqua mia berrà
Un bel lupo diverrà.

Il fratellino non bevve e andarono avanti. Trovarono ancora una fontana, e la sorellina:

Fontanella fontanella,
Chi ne beve una scodella
Cosa mai diventerà?

La fontana rispose:

Chi dell'acqua mia berrà
Vitellino diverrà.

La sorella non voleva lasciar bere il fratellino ma lui aveva tanta sete che disse: — Tra morir di sete e diventare un vitellino, preferisco diventare un vitellino — e si buttò a bere. In men che non si dica diventò un vitellino con le corna d'oro.

E la sorellina riprese la via insieme al fratello trasformato in un vitello dalle corna d'oro. Così arrivarono alla spiaggia del mare. Sulla spiaggia del mare c'era una bella casina, ed era la villeggiatura del figlio del Re. Il figlio del Re era alla finestra e vide questa bella ragazza che se ne veniva per la spiaggia con un vitellino, e disse:

— Sali qui con me.

— Salgo — disse lei — se lasci venire con me il mio vitellino.

— Perché ci tieni tanto? — chiese il figlio del Re.

— Ci sono affezionata perché l'ho allevato con le mie mani e non lo voglio lasciare neanche per un minuto.

Il Reuzzo s'innamorò di questa ragazza e la prese in moglie, e così vivevano, con il vitellino dalle corna d'oro sempre insieme.

Intanto il padre, che era tornato a casa e non aveva più trovato i suoi figlioli, viveva in grande pena. Un giorno, per divagarsi da questa pena, se ne andò a coglier finocchi. Arrivò sulla spiaggia del mare e vide la casina del Reuzzo. Alla finestra c'era sua figlia: lei lo riconobbe e lui no.

— Salite su, buon uomo — disse lei, e il padre salì. — Non mi conoscete? — gli disse.

— Se devo dire, non mi parete una faccia nuova.

— Sono vostra figlia!

Si gettarono nelle braccia uno dell'altra; lei gli disse che il fratello era diventato un vitellino ma che lei aveva sposato il figlio del Re, e il padre ebbe molta soddisfazione di sapere che quella figlia che credeva persa aveva fatto un così buon matrimonio e che anche suo figlio era vivo, se pur così cambiato.

— Ora, padre mio, vuotate questo sacco di finocchi, che ve lo riempio di danari.

— Oh, chissà come sarà contenta la vostra matrigna! — disse il padre.

— Perché non le dite di venire a stare qui, insieme a sua figlia orba d'un occhio? — disse la figlia.

Il padre disse di sì e fece ritorno a casa.

— Chi ti ha dato questi danari? — gli chiese la moglie, tutta sbalordita a vedergli aprire il sacco.

— Moglie mia! Sai che ho trovato mia figlia e che è moglie d'un Reuzzo e ci vuole tutti a casa sua, me, te e tua figlia orba d'un occhio.

A sentire che la figliastra era ancora viva, la donna si sentì divorare dalla rabbia, ma disse: — O che bella notizia! Non vedo l'ora di vederla!

Così, mentre il marito era rimasto a regolare i loro interessi, la moglie e la figlia orba d'un occhio arrivarono alla casina del Reuzzo. Il Reuzzo non c'era, e la matrigna, appena si trovò sola con la figliastra l'afferrò e la buttò fuori dalla finestra che dava a picco nel mare. Poi vestì la figlia orba d'un occhio delle vesti della sorellastra e le disse: — Quando tornerà il Reuzzo, tu mettiti a piangere e digli: «Il vitellino dalle corna d'oro m'ha accecato un occhio e sono orba!» — e dopo averla così istruita se ne tornò a casa, lasciandola lì sola.

Tornò il Reuzzo e la trovò coricata, che piangeva. — Perché piangi? — le chiese, credendola sua moglie.

— Il vitellino con una cornata m'ha fatto orba d'un occhio! Ahi, ahi!

Il Re, subito, gridò: — Sia chiamato il beccaio, e sia scannato il vitello!

Il vitellino, a sentir queste parole, corse via, s'affacciò alla finestra che dava sul mare e disse:

O sorella, mia sorella,
Qui già arrotan le coltella,
Già preparano il bacile
Per il sangue mio gentile!

E dal mare si sentì una voce che diceva:

Le tue lagrime son vane,
Sono in bocca al pescecane!

Il beccaio, a sentir ciò, non ebbe il coraggio di scannare il vitellino, e andò a dire al Reuzzo: — Maestà, venite a sentire cosa dice il vitellino.

Il Reuzzo s'avvicinò e sentì:

O sorella, mia sorella,
Qui già arrotan le coltella,
Già preparano il bacile
Per il sangue mio gentile!

E dal mare gli rispose quella voce:

Le tue lagrime son vane,
Sono in bocca al pescecane!

Il Reuzzo subito chiamò due marinai e si misero alla pesca del pescecane. Lo pescarono, gli aprirono la bocca e ne uscì la sua sposa sana e salva.

La matrigna e la sorellastra orba d'un occhio furono imprigionate. Per il vitellino chiamarono una Fata che lo fece diventare un bel giovanotto, perché intanto era cresciuto.

(Provincia d'Agrigento)

Un mercante che aveva tre figlie, doveva andare in viaggio per certi suoi negozi. Disse alle figlie: — Prima di partire vi farò un regalo, perché voglio lasciarvi contente. Ditemi cosa volete.

Le ragazze ci pensarono su e dissero che volevano oro argento e seta da filare. Il padre comprò oro argento e seta, e poi partì raccomandando che si comportassero bene.

La più piccola delle tre sorelle, che si chiamava Giricoccola, era la più bella, e le sorelle erano sempre invidiose. Quando il padre fu partito, la più grande prese l'oro da filare, la seconda prese l'argento, e la seta la diedero a Giricoccola. Dopo pranzo si misero a filare tutte e tre alla finestra, e la gente che passava guardava in su alle tre ragazze, le passava in rassegna e sempre gli occhi di tutti si fissavano sulla più piccina. Venne sera e nel cielo passò la Luna; guardò alla finestra e disse:

Quella dell'oro è bella,
Quella dell'argento è più bella,
Ma quella della seta le vince tutte,
Buona notte belle e brutte.

A sentir questo le sorelle le divorava la rabbia, e decisero di scambiarsi il filo. L'indomani diedero a Giricoccola l'argento e dopopranzo si misero a filare alla finestra. Quando passò verso sera la Luna, disse:

Quella dell'oro è bella,
Quella della seta è più bella,
Ma quella dell'argento le vince tutte,
Buona notte belle e brutte.

Le sorelle, piene di rabbia, presero a fare a Giricoccola tanti sgarbi, che ci voleva la pazienza di quella poverina per sopportarli. E nel pomeriggio dell'indomani, mettendosi a filare alla finestra, diedero a lei l'oro, per vedere cosa avrebbe detto la Luna. Ma la Luna, appena passò, disse:

Quella che fila l'argento è bella,
Quella della seta è più bella,
Ma quella dell'oro le vince tutte,
Buona notte belle e brutte.

Ormai di Giricoccola le sorelle non potevano nemmeno sopportarne la vista: la presero e la rinchiusero su in granaio. La povera ragazza se ne stava lì a piangere, quando la Luna aperse la finestrella con un raggio, le disse: — Vieni — la prese per mano e la portò via con sé.

Il pomeriggio seguente le due sorelle filavano da sole alla finestra. Di sera, passò la Luna e disse:

> *Quella che fila l'oro è bella,*
> *Quella dell'argento è più bella,*
> *Ma quella che è a casa mia le vince tutte,*
> *Buona notte belle e brutte.*

Le sorelle, a sentir questo, corsero a vedere su in granaio: Giricoccola non c'era più. Mandarono a chiamare un'astrologa, che strologasse dov'era la sorella. L'astrologa disse che Giricoccola era in casa della Luna e non era mai stata tanto bene.

— Ma come possiamo fare per farla morire? — chiesero le sorelle.

— Lasciate fare a me — disse l'astrologa. Si vestì da zingara e andò sotto le finestre della Luna, gridando le sue mercanzie.

Giricoccola s'affacciò, e l'astrologa le disse: — Vuole questi begli spilloni? Guardi, glieli do per poco!

A Giricoccola quegli spilloni piacevano davvero, e fece entrare in casa l'astrologa. — Aspetti che gliene metto uno io nei capelli — disse l'astrologa e glielo cacciò in capo: Giricoccola diventò subito una statua. L'astrologa scappò a raccontarlo alle sorelle.

Quando la Luna tornò a casa dopo il suo giro intorno al mondo, trovò la ragazza diventata statua e prese a dire: — Ecco, te l'avevo detto di non aprire a nessuno, m'hai disubbidito, meriteresti che ti lasciassi così. — Ma finì per averne compassione e le tirò via lo spillone dal capo: Giricoccola tornò a vivere come prima, e promise che non avrebbe aperto più a nessuno.

Dopo un po' le sorelle tornarono dall'astrologa, a chiederle se Giricoccola era sempre morta. L'astrologa consultò i suoi libri magici, e disse che, non capiva come mai, la ragazza era di nuovo viva e sana. Le sorelle ricominciarono a pregarla di farla morire. E l'astrologa tornò sotto le finestre di Giricoccola con una cassetta di pettini. La ragazza a vedere quei pettini non seppe resistere e chiamò la donna in casa. Ma appena ebbe in testa un pettine, eccola ridiventata statua, e l'astrologa scappò dalle sorelle.

La Luna rincasò e a vederla di nuovo statua, s'inquietò e gliene disse di tutti i colori. Ma quando si fu sfogata, la perdonò ancora e le tolse il pettine di testa; la ragazza risuscitò. — Però se succede ancora una volta — le disse — ti lascio morta. — E Giricoccola promise.

Ma figuriamoci se le sorelle e l'astrologa s'arrendevano! Venne con una camicia ricamata, la più bella che si fosse mai vista. A Giricoccola piaceva tanto che volle provarla, e appena l'ebbe indosso diventò statua. La Luna, stavolta, non ne volle più sapere. Statua com'era, per tre centesimi la vendette a uno spazzacamino.

Lo spazzacamino girava le città con la bella statua legata al basto del suo asino, finché non la vide il figlio del Re, che ne rimase innamorato. La comprò a peso d'oro, la portò nella sua stanza e passava le ore ad adorarla; e quando usciva chiudeva la stanza a chiave, perché voleva esser solo lui a goderne la vista. Ma le sue sorelle, dovendo andare a una gran festa da ballo, volevano farsi una camicia uguale a quella della statua, e mentre il fratello era fuori, con una chiave falsa entrarono per toglierle la camicia.

Appena la camicia fu sfilata, Giricoccola si mosse e tornò viva. Le sorelle per poco non morirono loro dallo spavento, ma Giricoccola raccontò la sua storia. Allora la fecero nascondere dietro una porta, e aspettare che tornasse il fratello. Il figlio del Re, non vedendo più la sua statua, fu preso dalla disperazione, ma saltò fuori Giricoccola e gli raccontò tutto. Il giovane la portò subito dai genitori presentandola come la sua sposa. Le nozze furono subito celebrate, e le sorelle di Giricoccola lo seppero dall'astrologa e morirono di rabbia immantinenti.

(Bologna)

L'ACQUA NEL CESTELLO

C'era una madre vedova che sposò un padre vedovo, e ognuno dei due aveva una figlia. La madre voleva bene alla sua e all'altra no. La sua la mandava a prender l'acqua con la brocca, quell'altra col cestello. Ma l'acqua dal cestello colava fuori e la matrigna picchiava tutti i giorni quella povera ragazza.

Un giorno, mentre andava a prender l'acqua, il cestello le andò giù per il torrente. Lei si mise a correre e chiedeva a tutti: — L'avete visto passare il mio cestello? — e tutti le rispondevano: — Va' più giù che lo trovi.

Andando giù, trovò una vecchia che si spulciava, seduta su una pietra in mezzo al torrente, e le disse: — L'avete visto il mio cestello?

— Vieni qua — le disse la vecchia — che il tuo cestello te l'ho trovato io. Intanto, fammi un favore, cercami un po' che cosa ho giù per queste spalle che mi pizzica. Cos'ho?

La ragazza ammazzava bestioline a più non posso, ma per non mortificare la vecchia diceva: — Perle e diamanti.

— E perle e diamanti avrai — rispose la vecchia. E dopo che fu ben spulciata: — Vieni con me — le disse, e la portò alla sua casa che era un mucchio di spazzatura. — Fammi un piacere, brava ragazza: rifammi il letto. Che cosa ci trovi nel mio letto? — Era un letto che camminava da solo, tante bestie c'erano, ma la ragazza per non esser scortese rispose: — Rose e gelsomini.

— E rose e gelsomini avrai. Fammi un altro piacere adesso, spazzami la casa. Che ci trovi da spazzare?

La ragazza disse: — Rubini e cherubini.

— E rubini e cherubini avrai. — Poi aperse un armadio con ogni sorta di vestiti e le disse: — Vuoi un vestito di seta o un vestito di percalle?

E la ragazza: — Io sono povera, sa, mi dia un vestito di percalle.

— E io te lo darò di seta. — E le diede una bellissima veste di seta. Poi aperse uno scrignetto e le disse: — Vuoi oro o vuoi corallo? — E la ragazza: — Mi dia corallo.

— E io ti do oro — e le infilò una collana d'oro. — Vuoi orecchini di cristallo o orecchini di diamanti?

— Di cristallo.

— E io te li do di diamanti — e le appese i diamanti alle orecchie. Poi le disse: — Che tu sia bella, che i tuoi capelli siano d'oro e quando ti pettini ti cadano rose e gelsomini da una parte e perle e rubini dall'altra. Adesso va' a casa, e quando senti ragliare l'asino non ti voltare ma quando senti cantare il gallo voltati.

La ragazza andò verso casa; ragliò l'asino e non si voltò; cantò il gallo e si voltò; e le spuntò una stella sulla fronte.

La matrigna le disse: — E chi ti ha dato tutta questa roba?

— Mamma mia, me l'ha data una vecchia che aveva trovato il mio cestello, perché io le ho ammazzato le pulci.

— Adesso sì che ti voglio bene — disse la matrigna. — D'ora in avanti andrai tu per acqua con la brocca e tua sorella andrà col cestello. — E a sua figlia, piano: — Va' a prender acqua col cestello, lascialo andare giù per il torrente, e vagli dietro: potessi trovare anche tu quello che ha trovato tua sorella!

La sorellastra andò, buttò il cestello in acqua e poi lo rincorse. In giù trovò quella vecchia. — Avete visto passare il mio cestello?

— Vieni qua che l'ho io. Cercami cos'ho giù per le spalle che mi pizzica. — La ragazza cominciò ad ammazzare bestioline. — Cos'ho?

E lei: — Pulci e scabbia.

— E pulci e scabbia avrai.

La portò a rifare il letto. — Che cosa ci trovi?

— Cimici e pidocchi.

— E cimici e pidocchi avrai.

Le fece spazzare la casa: — Cosa ci trovi?

— Un sudiciume che fa schifo!

— E un sudiciume che fa schifo avrai.

Poi le chiese se voleva vestito di sacco o vestito di seta. — Vestito di seta!

— E io te lo do di sacco.

— Collana di perle o collana di spago?

— Perle!

— E io ti do spago.

— Orecchini d'oro od orecchini di patacca?

— D'oro!

— E io ti do patacca. Adesso vattene a casa e quando raglia l'asino voltati e quando canta il gallo non ti voltare.

Andò a casa si voltò al raglio dell'asino e le spuntò una coda di somaro sulla fronte. La coda era inutile tagliarla, perché rispuntava. E la ragazza piangeva e cantava:

Mamma mia, dindò, dindò,
Più ne taglio e più ce n'ho.

Alla ragazza colla stella in fronte la domandò in sposa il figlio del Re. Il giorno che doveva venirla a prendere con la carrozza, la matrigna le disse: — Visto che sposi il figlio del Re, prima di partire fammi questo piacere: lavami la botte. Entraci dentro che ora vengo ad aiutarti.

Mentre la ragazza era nella botte, la matrigna chiuse il coperchio: voleva portar via la botte con la figliastra dentro e buttarla in mare. Poi voleva far indossare alla figlia brutta i vestiti da sposa e presentarla al figlio del Re tutta velata, in modo che prendesse lei. Mentre andava a prendere il martello, sua figlia passò

vicino alla botte. — Che fai là dentro? — disse alla sorella.

— Sto qui perché devo sposare il figlio del Re.

— Fammi venire a me, così lo sposo io.

Sempre condiscendente, la bella uscì dalla botte e ci entrò la brutta.

Venne la madre col martello, chiuse la botte e la buttò in mare. Credeva d'essersi sbarazzata della figliastra, ma quando s'accorse che nella botte era rimasta la figlia sua, cominciò a piangere e a strepitare. Arrivò suo marito, che la figlia gli aveva già raccontato tutto, e le scaricò una soma di legnate.

La figlia bella sposò il figlio del Re e campò felice e contenta.

Larga la foglia, stretta la via,
Dite la vostra che ho detto la mia.

(Marche)

Una volta c'era un Re e una Regina che non avevano figli. Passeggiando nell'orto la Regina vide una pianta di rosmarino con tante pianticine figlie intorno. E
disse: — Guarda un po': quella lì che è pianta di rosmarino ha tanti figlioli, e io che sono regina non ne ho neanche uno!

Dopo poco, la Regina diventò anche lei madre. Ma
invece di nascerle un bambino, le nacque una pianta di
rosmarino. La mise in un bel vaso, e l'annaffiava col
latte.

Venne a trovarli un nipote, che era Re di Spagna, e
chiese: — Maestà zia, cos'è questa pianta?

La zia gli rispose: — Maestà nipote, è mia figlia, e
l'innaffio col latte quattro volte al giorno.

Al nipote questa pianta piaceva tanto, che pensò di
rapirla. La prese col vaso e tutto e la portò sul suo ba-

stimento, comprò una capra per il latte, e fece levar le ancore. Navigando, mungeva la capra e dava il latte alla pianta di rosmarino, quattro volte al giorno. Appena sbarcò alla sua città, la fece piantare nel suo giardino.

Questo giovane Re di Spagna aveva la gran passione di suonare lo zufolo, e tutti i giorni girava per il giardino zufolando e ballando. Zufolava e ballava, e tra le fronde del rosmarino compare una bella fanciulla dai lunghi capelli, e si mette a danzare accanto a lui.

— Donde venite? — lui le chiede.

— Dal rosmarino — lei risponde.

E finita la danza tornò tra le fronde di rosmarino e non si vide più. Da quel giorno il Re sbrigava in fretta gli affari dello Stato e andava in giardino con lo zufolo, suonava e la bella fanciulla usciva di tra le foglie, e insieme ballavano e discorrevano tenendosi per mano.

Sul più bello, al Re fu intimata una guerra, e dovette partire. Disse alla fanciulla: — Rosmarina mia, non uscire dalla tua pianta fin quando non son tornato. Quando tornerò suonerò sullo zufolo tre note, e allora tu uscirai.

Chiamò il giardiniere e gli disse che la pianta di rosmarino andava innaffiata col latte quattro volte al giorno; e se al ritorno la trovava avvizzita, l'avrebbe fatto decapitare della testa. E partì.

Bisogna sapere che il Re aveva tre sorelle, ragazze curiose, che da un pezzo si domandavano cosa faceva il loro fratello per tante ore in giardino con lo zufolo. Appena lui fu partito per la guerra, andarono a frugare in camera sua e trovarono lo zufolo. Lo presero e andarono in giardino. La più grande si provò a suonarlo e le uscì una nota, la seconda glielo tolse di mano, soffiò e fece un'altra nota, e la più piccina a sua volta suonò una nota lei pure. Sentendo le tre note, e pensando che il Re fosse tornato, Rosmarina saltò fuori di tra le foglie. Le sorelle: — Ah! Ora capiamo perché nostro fratello non usciva più dal giardino! — e, malevole com'erano, acciuffarono la fanciulla e gliene diedero quante poterono. Quella meschina, più morta che viva, scappò nel suo rosmarino e sparì.

Quando venne il giardiniere trovò la pianta mezz'avvizzita, con le foglie gialle e tutte giù. — Ahi, povero me! Come faccio, quando viene il Re! — Corse a casa, disse alla moglie: — Addio, devo scappare, innaffia tu il rosmarino col latte — e fuggì.

Il giardiniere camminò e camminò per la campagna. Era in un bosco quando venne sera. Per paura delle bestie feroci s'arrampicò su un albero. A mezzanotte, sotto quell'albero s'erano dati appuntamento una Mamma-draga e un Mammo-drago. E il giardiniere rannicchiato in cima all'albero rabbrividiva a sentire i loro sbuffi.

— Che c'è di nuovo in giro? — chiese la Mamma-draga al Mammo-drago.

— E che vuoi che ci sia?

— Non sai mai raccontarmi niente di nuovo!

— Ah sì, la pianta di rosmarino del Re è avvizzita.

— E com'è andata?

— È andata che ora che il Re è alla guerra le sorelle si sono messe a suonare lo zufolo, e dal rosmarino è uscita la ragazza incantata, e le sorelle l'hanno lasciata

più morta che viva dalle botte. Così la pianta sta appassendo.

— E non c'è modo di salvarla?

— Il modo ci sarebbe…

— E perché non me lo dici?

— Eh, non è cosa da dire: gli alberi hanno occhi e orecchi.

— Ma va'; chi vuoi che ti senta in mezzo al bosco!

— Allora ti dirò questo segreto: bisognerebbe prendere il sangue della mia strozza e il grasso della tua cuticagna, bollirli insieme in una pignatta; e ungere tutta la pianta di rosmarino. La pianta seccherà del tutto ma la ragazza ne uscirà fuori sana e salva.

Il giardiniere aveva sentito tutto quel discorso col cuore in gola. Appena il Mammo-drago e la Mamma-draga si addormentarono e lui li sentì russare, staccò dall'albero un ramo nodoso, saltò giù e con due colpi ben assestati li mandò all'altro mondo. Poi cavò fuori il sangue dalla strozza del Mammo-drago, il grasso della cuticagna della Mamma-draga, e corse a casa. Svegliò la moglie, e: — Presto, fa' bollire questa roba! — E ne unse il rosmarino rametto per rametto. Uscì la ragazza e il rosmarino seccò. Il giardiniere prese la ragazza per mano e la portò a casa sua, la mise a letto e le diede un bel brodo caldo.

Torna il Re dalla guerra, e per prima cosa va in giardino con lo zufolo. Suona tre note, ne suona altre tre, ma sì! aveva voglia di fischiare! S'avvicina al rosmarino e lo trova secco stecchito, senza più una foglia.

Furente che pareva una belva, corse alla casa del giardiniere.

— Sarai decapitato della testa oggi stesso, sciagurato!

— Maestà, si calmi, entri un momento in casa e le faccio vedere una bella cosa!

— Bella cosa un corno! Sarai decapitato della testa!

— Entri soltanto, poi mi faccia quel che vuole!

Il Re entrò e trovò Rosmarina coricata, perché era ancora convalescente. Alzò il capo e gli disse, coi lucciconi agli occhi: — Le tue sorelle m'hanno battuta, e il povero giardiniere m'ha salvato la vita!

Il Re era pieno di felicità per aver ritrovato Rosmarina, pieno d'odio per le sorelle, pieno di riconoscenza per il giardiniere. Appena la ragazza si fu ristabilita, volle sposarla, e scrisse al Re suo zio che il rosmarino da lui rapito era diventato una giovane bellissima e lo invitava con la Regina per il giorno delle nozze. Il Re e la Regina che erano disperati non sapendo più nulla della pianta, quando l'ambasciatore portò loro quella lettera, e seppero che la pianta era in realtà una bella ragazza loro figlia, divennero come pazzi dalla contentezza. Si misero subito in viaggio e bum! bum! spararono i cannoni a salve arrivando al porto, e Rosmarina era già lì ad aspettare i genitori. Si fece il matrimonio e ci fu un banchetto con una tavola lunga per tutta la Spagna.

(Palermo)

IL FIGLIO DEL RE NEL POLLAIO

Si racconta che c'era un ciabattino con tre figlie femmine: Peppa, Nina e Nunzia. Erano poveri in canna, e il ciabattino girava per la campagna ad aggiustare scarpe, ma non poteva buscare un quattrino. La moglie a vederlo tornare a mani vuote: — Sciagurato! — gli diceva — cosa metterò in pentola oggi? — E lui, stanco, disse alla figlia Nunzia, che era la più piccina: — Senti, vuoi venire con me per minestra?

E se ne andarono per i campi, a cogliere erbe per la minestra. Arrivarono in un feudo, e cercando erbe, Nunzia trovò una testa di finocchio così grossa che per quanto tirasse non riusciva a sradicarla, e dovette chiamare suo padre. — Signor padre! Signor padre! Voglia guardare cos'ho trovato! Non riesco a strapparla!

Ci si mise anche suo padre e tira tira, si sradicò il finocchio e sotto apparve una botola aperta. Alla botola s'affacciò un bel giovane. — Bella ragazza — disse — cosa state cercando?

— E cosa volete che cerchiamo? Siamo morti di fame e cogliamo un po' di minestra.

— Se siete povero, vi faccio arricchire io — disse il giovane al ciabattino. — Lasciatemi vostra figlia, e io vi do un sacco di danari.

Quel povero padre fece: — Come? Lasciarvi mia figlia? — Ma il giovane tanto disse che lo persuase, prese i danari e lasciò Nunzia che se ne scese sottoterra con quel giovane.

Sottoterra, c'era una casa così lussuosa, che alla ragazza parve d'essere arrivata in Paradiso. Cominciò una vita che poteva ben dirsi felice, se non fosse che Nunzia non sapeva più niente di suo padre né delle sue sorelle.

Il ciabattino, intanto, aveva da mangiare polli e manzo tutti i giorni e se la passava bene. E Peppa e Nina gli dissero un giorno: — Padre, ci volete portare a trovare nostra sorella?

Andarono al posto dove avevano trovato il finocchio, bussarono alla botola e il giovane li fece entrare. Nunzia fu molto contenta di rivedere le sorelle e le portò a visitare tutta la casa. Solo una camera non la volle aprire. — Perché? Cosa c'è là dentro? — chiesero le sorelle, tutte incuriosite.

— Non lo so, perché non ci sono mai entrata neanch'io. Mio marito me l'ha proibito.

Poi s'andò a pettinare e le sorelle vollero aiutarla. Le sciolsero la treccia e in mezzo alla treccia trovarono legata una chiave. — Questa — disse la Peppa alla Nina, sottovoce — dev'essere la chiave della stanza che non ci ha voluto far vedere! — E facendo finta di pettinarla le slegarono la chiave; poi zitte zitte andarono ad aprire la stanza.

Nella stanza c'erano tante donne: chi ricamava, chi cuciva, chi tagliava. E cantavano:

Facciamo pannolini e fasce
Per il figliol del Re che nasce!

— Ah! Nostra sorella aspetta un bambino e non ce l'aveva detto! — fecero le sorelle. Ma in quel momento le donne della stanza, accorgendosi d'esser viste, da belle che erano si fecero gialle gialle, brutte brutte, e si trasformarono in lucertole e ramarri. La Peppa e la Nina scapparono via.

Nunzia le vide tutte stravolte. — Cos'avete, sorelle mie?

— Niente, volevamo salutarti perché ora ce ne andiamo.

— Così presto?

— Ma sì, dobbiamo tornare a casa.

— Ma cosa v'è successo?

— Ebbene, t'abbiamo preso la chiave che avevi nella treccia, abbiamo aperto quella porta…

— Ah, sorelle mie! Questa sarà la mia rovina!

Difatti, quelle donne della stanza, che erano tante Fate, andarono dal giovane, che era loro prigioniero lì sottoterra e gli dissero: — Sai? Devi cacciar via tua moglie. Subito.

— E perché? — disse lui, con le lagrime agli occhi.

— La devi cacciare via subito. Gli ordini sono ordini, hai capito?

E quel povero sposo, dovette andare da lei, col cuore che gli si spezzava, e dirle: — Te ne devi andare subito da questa casa, ordine delle Fate, se no sono perduto!

— Le mie sorelle hanno fatto la mia rovina! — disse lei scoppiando in singhiozzi. — E dove me ne andrò mai?

— Tieni questo gomitolo — le disse lui. — Legane un capo al pomo della porta e fallo rotolare. Dove finirà il gomitolo, là fermati.

Nunzia, disperata, obbedì: il gomitolo, rotola rotola, cammina cammina, non finiva mai. Arrivò sotto il balcone d'un bellissimo palazzo e lì il gomitolo finì. Era il palazzo del Re Cristallo.

Nunzia chiamò e s'affacciarono le cameriere. — Per carità — ella disse — alloggiatemi per questa notte, che non so dove rifugiarmi e aspetto d'avere un bambino! — Perché intanto s'era accorta che stava aspettando d'avere un bambino.

Le cameriere andarono a dirlo al Re Cristallo e alla Regina e quelli risposero che non avrebbero aperto casa loro a chicchessia. Bisogna sapere che il loro figliolo tanti anni prima era stato portato via dalle Fate, e non ne avevano saputo più nulla: così erano pieni di diffidenza verso le donne forestiere.

Disse la poveretta: — Magari nel pollaio, per una notte!

Le cameriere, mosse a compassione, tanto dissero al Re e alla Regina che la fecero accogliere nel pollaio e le

portarono un po' di pane perché moriva di fame. Volevano sapere la sua storia, ma ella scuoteva il capo e non faceva che ripetere: — Ah, se voi sapeste! Ah, se voi sapeste!

Quella stessa notte, ecco che a Nunzia nacque un bel bambino. Una cameriera andò subito a dire alla Regina: — Maestà, che bel bambino che ha avuto questa forestiera! Somiglia tutto al suo figliolo!

E intanto le Fate dissero al giovane, che stava sempre sottoterra:

— Non sai che a tua moglie è nato un bel bambino? Vuoi venire a vederlo, stasera?

— Magari. Mi ci portate?

Quella notte, si sentì bussare alla porta del pollaio.

— Chi è?

— Apri, sono io, il padre del tuo bambino. — E Nunzia vide entrare il suo sposo che era il figlio del Re rapito dalle Fate, e che ora le Fate accompagnavano a vedere suo figlio. Entrò, con tutte le Fate dietro, e il pollaio diventò tutto tappezzato d'oro, il giaciglio ebbe una coltre ricamata d'oro, la culla del bambino divenne d'oro, e tutto risplendeva che pareva giorno e una musica suonava, e le Fate cantavano e ballavano, e il Reuzzo cullava il bambino e diceva:

> Se mio padre lo sapesse
> Che sei figlio di suo figlio
> Tra fasce d'oro saresti fasciato,
> Tra culle d'oro saresti cullato,
> Notte e giorno starei con te,
> Dormi dormi, figliolo di Re.

E le Fate ballando, s'affacciavano alla finestra e cantavano:

I galli ancor non cantano,
L'orologio ancor non suona,
Non è ora, non è ora.

Lasciamo loro e andiamo dalla Regina. S'affaccia una cameriera e le dice: — Signora Regina, sapeste! Dalla forestiera stanno succedendo cose mai viste! Non è più pollaio, è tutto luce come il Paradiso, si sente cantare, una voce che sembra quella di vostro figlio. State a sentire, state a sentire!

La Regina andò alla porta del pollaio e stette a sentire; ma in quel momento cantò un gallo, e non si sentì più nulla e non si vide più luce alla porta.

Quel mattino, a portare il caffè alla forestiera volle andarci la Regina in persona. — Mi volete dire chi c'era questa notte?

E lei: — Eh, non ve lo posso dire, ma anche se potessi, che vi direi? Lo sapessi io, chi viene!

E la Regina: — E chi può essere? E se fosse mio figlio? — e tanto disse, e tanto fece che la forestiera le raccontò tutta la sua storia dal principio: che lei era andata per minestra... e tutto il resto.

— Allora voi siete la moglie di mio figlio? — fece la Regina, abbracciandola e baciandola. E le disse: — Stanotte domandagli cosa ci vuole per liberarlo.

Alla notte, alla stessa ora, s'adunarono le Fate col figlio del Re. Le Fate si misero a ballare, e lui a cullare suo figlio sempre cantando:

Se mio padre lo sapesse
Che sei figlio di suo figlio
Tra fasce d'oro saresti fasciato,
Tra culle d'oro saresti cullato,
Notte e giorno starei con te,
Dormi dormi, figliolo di Re.

Mentre le Fate ballavano, la sposa disse al marito: — Dimmi cosa ci vuole per liberarti!

Lui rispose: — Ci vuole che i galli non cantino, che l'orologio non suoni, che le campane nemmeno, e con una tela celeste ricamata con la luna e le stelle che sembri di notte si ricopra la strada perché non si veda quando fa giorno. Una volta che il sole è già alto, si tira via la tela e le Fate diventano lucertole e ramarri e scappano via.

La mattina dopo, il Re fece gridare un bando:

Né campane né orologio hanno da suonare, e tutti i galli si hanno da ammazzare.

Tutto fu preparato, e alla notte, alla solita ora, le Fate si misero a ballare e a suonare e lui cantava:

Se mio padre lo sapesse
Che sei figlio di suo figlio
Tra fasce d'oro saresti fasciato,
Tra culle d'oro saresti cullato,
Notte e giorno starei con te,
Dormi dormi, figliolo di Re.

E le Fate s'affacciavano alla finestra cantando:

I galli ancor non cantano,
L'orologio ancor non suona,
Non è ora, non è ora.

Fecero una nottata di balli e canti e sempre continuavano ad affacciarsi alla finestra e vedendo che era notte ripetevano:

I galli ancor non cantano,
L'orologio ancor non suona,
Non è ora, non è ora.

Quando il sole fu a mezzo del cielo, la tela fu tirata via; chi diventò serpe, chi ramarro, e scapparono tutte. Il figlio del Re e sua moglie abbracciarono il Re e la Regina.

Essi restarono felici e contenti,
E noialtri siam qui senza niente.

(Provincia di Palermo)

FIABE DA FAR PAURA

(APPENA APPENA, NON TANTO)

Zio Lupo

C' era una bambina golosa. Un giorno di Carnevale la maestra dice alle bambine: — Se siete buone a finire la maglia, vi do le frittelle.

Ma quella bambina non sapeva fare la maglia, e chiese d'andare al camerino. Si chiuse là dentro e ci s'addormentò. Quando tornò in scuola, le altre bambine s'erano mangiate tutte le frittelle. E lei andò a piangere da sua madre e a raccontarle tutta la storia.

— Sta' buona, poverina. Ti farò io le frittelle — disse la mamma. Ma la mamma era tanto povera che non aveva nemmeno la padella. — Va' da Zio Lupo, a chiedergli se ci presta la padella.

La bambina andò alla casa di Zio Lupo. Bussò: *bum, bum.*

— Chi è?

— Sono io!

— Tanti anni, tanti mesi che nessuno batte più a questa porta! Cosa vuoi?

— Mi manda la mamma, a chiedervi se ci prestate la padella per fare le frittelle.

— Aspetta che mi metto la camicia.

Bum, bum.

— Aspetta che mi metto i mutandoni.

Bum, bum.

— Aspetta che mi metto i pantaloni.

Bum, bum.

— Aspetta che mi metto la gabbana.

Finalmente Zio Lupo aperse e le diede la padella. — Io ve la presto, ma di' alla mamma, che quando me la restituisce me la mandi piena di frittelle, con una pagnotta di pane e un fiasco di vino.

— Sì sì, vi porterò tutto.

Quando fu a casa, la mamma le fece tante buone frittelle, e ne lasciò una padellata per Zio Lupo. Prima di sera disse alla bambina: — Porta le frittelle a Zio Lupo, e questa pagnotta di pane e questo fiasco di vino.

La bambina, golosa com'era, per strada cominciò ad annusare le frittelle. "Oh, che buon profumino! E se ne assaggiassi una?" E una due tre se le mangiò tutte, e per accompagnarle si mangiò tutto il pane e per mandarle giù si bevve anche il vino.

Allora, per riempire la padella, raccolse in un campo delle zolle di terra. E il fiasco, lo riempì d'acqua sporca. E per pane fece una pagnotta con la calcina d'un muratore che lavorava per la strada. E quando arrivò da Zio Lupo gli diede tutta questa brutta roba.

Zio Lupo assaggia una frittella. — Puecc! Ma questa

è una zolla di terra! — Va subito per bere il vino per togliersi il sapore di bocca. — Puecc! Ma questa è acqua sporca! — Addenta un pezzo di pane e: — Puecc! Ma questa è calcina! Guardò la bambina con occhi di fuoco e disse: — Stanotte ti vengo a mangiare!

La bambina corse a casa da sua mamma: — Stanotte viene Zio Lupo e mi mangia!

La mamma cominciò a chiudere porte, a chiudere finestre, a chiudere tutti i buchi della casa perché Zio Lupo non potesse entrare, ma si dimenticò di chiudere il camino.

Quando fu notte e la bambina era già a letto, si sentì la voce di Zio Lupo da fuori: — Adesso ti mangio! Sono vicino a casa! — Poi si sentì un passo sulle tegole: — Adesso ti mangio! Sono sul tetto!

Poi si sentì un gran rumore giù per il camino: — Adesso ti mangio! Sono nel camino!

— Mamma mamma, c'è il lupo!

— Nasconditi sotto le coperte!

— Adesso ti mangio! Sono nel focolare!

La bambina si rincantucciò nel letto, tremando come una foglia.

— Adesso ti mangio! Sono nella stanza!

La bambina trattenne il respiro.

— Adesso ti mangio! Sono ai piedi del letto! Ahm, che ti mangio! — E se la mangiò.

E così Zio Lupo mangia sempre le bambine golose.

(Romagna)

C'era una volta un ragazzetto chiamato Giovannin senza paura, perché non aveva paura di niente. Girava per il mondo e capitò a una locanda a chiedere alloggio.

— Qui posto non ce n'è — disse il padrone — ma se non hai paura ti mando in un palazzo.

— Perché dovrei aver paura?

— Perché *ci si sente*, e nessuno ne è potuto uscire altro che morto. La mattina ci va la Compagnia con la bara a prendere chi ha avuto il coraggio di passarci la notte.

Figuratevi Giovannino! Si portò un lume, una bottiglia e una salciccia, e andò.

A mezzanotte mangiava seduto a tavola, quando dalla cappa del camino sentì una voce: — Butto?

E Giovannino rispose: — E butta!

Dal camino cascò giù una gamba d'uomo. Giovannino bevve un bicchier di vino.

Poi la voce disse ancora: — Butto?

E Giovannino: — E butta! — e venne giù un'altra gamba. Giovannino addentò la salciccia.

— Butto?

— E butta! — e viene giù un braccio. Giovannino si mise a fischiettare.

— Butto?

— E butta! — un altro braccio.

— Butto?

— Butta!

E cascò un busto che si riappiccicò alle gambe e alle braccia, e restò un uomo in piedi senza testa.

— Butto?

— Butta!

Cascò la testa e saltò in cima al busto. Era un omone gigantesco, e Giovannino alzò il bicchiere e disse: — Alla salute!

L'omone disse: — Piglia il lume e vieni.

Giovannino prese il lume ma non si mosse.

— Passa avanti! — disse l'uomo.

— Passa tu — disse Giovannino.

— Tu! — disse l'uomo.

— Tu! — disse Giovannino.

Allora l'uomo passò lui e una stanza dopo l'altra traversò il palazzo, con Giovannino dietro che faceva lume. In un sottoscala c'era una porticina.

— Apri! — disse l'uomo a Giovannino.

E Giovannino: — Apri tu!

E l'uomo aperse con una spallata. C'era una scaletta a chiocciola.

— Scendi — disse l'uomo.

— Scendi prima tu — disse Giovannino.

Scesero in un sotterraneo, e l'uomo indicò una lastra in terra. — Alzala!

— Alzala tu! — disse Giovannino, e l'uomo la sollevò come fosse stata una pietruzza.

Sotto c'erano tre marmitte d'oro. — Portale su! — disse l'uomo.

— Portale su tu! — disse Giovannino. E l'uomo se le portò su una per volta.

Quando furono di nuovo nella sala del camino, l'uomo disse: — Giovannino, l'incanto è rotto! — Gli si staccò una gamba e scalciò via, su per il camino. — Di queste marmitte una è per te — e gli si staccò un braccio e s'arrampicò per il camino. — Un'altra è per la Compagnia che ti verrà a prendere credendoti morto — e gli si staccò anche l'altro braccio e inseguì il primo. — La terza è per il primo povero che passa — gli si staccò l'altra gamba e rimase seduto per terra. — Il palazzo tientelo pure tu — e gli si staccò il busto e rimase solo la testa posata in terra. — Perché dei padroni di questo palazzo, è perduta per sempre ormai la stirpe — e la testa si sollevò e salì per la cappa del camino.

Appena schiarì il cielo, si sentì un canto: *Miserere mei, miserere mei*, ed era la Compagnia con la bara che veniva a prendere Giovannino morto. E lo vedono alla finestra che fumava la pipa.

Giovannin senza paura con quelle monete d'oro fu ricco e abitò felice nel palazzo. Finchè un giorno non gli successe che, voltandosi, vide la sua ombra e se ne spaventò tanto che morì.

(Toscana)

C'era una lavandaia che era rimasta vedova con tre figliole. S'ingegnavano tutte e quattro a lavar roba più che potevano, ma pativano la fame lo stesso. Un giorno la figlia maggiore disse alla madre: — Dovessi anche andare a servire il Diavolo, voglio andarmene via di casa.

— Non dire così, figlia mia — fece la madre. — Non sai cosa ti può succedere.

Non passarono molti giorni e a casa loro si presentò un signore vestito di nero, tutto compito, e col naso d'argento.

— So che avete tre figlie — disse alla madre. — Lascereste che ne venisse una a mio servizio?

La madre l'avrebbe lasciata andare subito, ma c'era quel naso d'argento che non le piaceva. Chiamò in disparte la figlia maggiore e le disse: — Guarda che in questo mondo uomini col naso d'argento non ce ne sono: sta' attenta, se vai con lui te ne potresti pentire.

La figlia, che non vedeva l'ora d'andarsene di casa, partì lo stesso con quell'uomo. Fecero molta strada, per boschi e per montagne, e a un certo punto, lontano, si vide un gran chiarore come d'un incendio. — Cosa c'è laggiù? — chiese la ragazza, cominciando a sentire un po' d'apprensione.

— Casa mia. Là andiamo — disse Naso d'Argento.

La ragazza proseguì e non sapeva ormai trattenere un tremito. Arrivarono a un gran palazzo, e Naso d'Argento la portò a vedere tutte le stanze, una più bella dell'altra, e d'ognuna le dava la chiave. Giunti alla porta dell'ultima stanza, Naso d'Argento le diede la chiave ma le disse: — Questa porta non la devi aprire per nessuna ragione, se no guai! Di tutto il resto, sei padrona; ma di questa stanza no!

La ragazza pensò: "Qui c'è qualcosa sotto!" e si ripromise d'aprire quella porta appena Naso d'Argento l'avesse lasciata sola. La sera dormiva nella sua cameretta, quando Naso d'Argento entrò furtivamente, s'avvicinò al suo letto e le pose tra i capelli una rosa. E silenzioso com'era venuto se ne andò.

L'indomani mattina, Naso d'Argento uscì per i suoi affari, e la ragazza, rimasta sola in casa con tutte le chiavi, corse subito ad aprire la porta proibita. Appena schiuse la porta, uscirono fuori fiamme e fumo: e in mezzo al fuoco e al fumo c'era pieno d'anime dannate che bruciavano. Capì allora che Naso d'Argento era il Diavolo e quella stanza era l'Inferno. Diede un grido, chiuse subito la porta, scappò quanto più lontano poteva da quella stanza infernale, ma una lingua di fuoco le aveva bruciacchiato la rosa che portava tra i capelli.

Naso d'Argento tornò a casa e vide la rosa strinata. — Ah, così m'hai obbedito! — disse. La prese di peso, aperse la porta dell'Inferno, e la scagliò tra le fiamme.

Il giorno dopo ritornò da quella donna. — Vostra figlia si trova tanto bene da me, ma il lavoro è molto e ha bisogno d'aiuto. Ci mandereste anche la seconda vostra figlia? — E così Naso d'Argento tornò con l'altra sorella. Anche a lei mostrò la casa, diede tutte le chiavi e anche a lei disse che tutte le stanze poteva aprire, tranne quell'ultima. — Figuratevi — disse la ragazza — perché dovrei aprirla? Che me n'importa dei fatti vostri? — La sera, quando la ragazza andò a letto, Naso d'Argento s'avvicinò al suo letto piano piano e le mise tra i capelli un garofano.

La mattina dopo, appena Naso d'Argento fu uscito, la prima cosa che fece la ragazza fu d'andare ad aprire la porta proibita. Fumo, fiamme, urla di dannati, e in mezzo al fuoco riconobbe sua sorella. — Sorella mia — le gridò — liberami tu da quest'Inferno! — Ma la ragazza si sentiva svenire; chiuse la porta in fretta e scappò, ma non sapeva dove nascondersi perché ormai era sicura che Naso d'Argento era il Diavolo e lei era in mano sua senza scampo. Tornò Naso d'Argento e per prima cosa la guardò in testa: vide il garofano appassito, e senza dirle una parola la prese di peso e la buttò anche lei all'Inferno.

L'indomani, vestito come al solito da gran signore, si ripresentò a casa della lavandaia. — Il lavoro a casa

mia è tanto, due ragazze non bastano: mi dareste anche la terza? — E così se ne tornò con la terza sorella,
che si chiamava Lucia ed era la più furba di tutte. Anche a lei mostrò la casa e fece le solite raccomandazio-
ni; e anche a lei mentr'era addormentata mise un fiore
nei capelli: un fior di gelsomino. Alla mattina, quando
Lucia s'alzò, andò subito a pettinarsi, e guardandosi
nello specchio, vide il gelsomino. "Guarda un po'" si
disse "Naso d'Argento m'ha messo un gelsomino. Che
gentile pensiero! Mah! Lo metterò in fresco" e lo mise
in un bicchiere. Quando fu pettinata, visto che era sola
in casa, pensò: "Adesso andiamo un po' a vedere quella porta misteriosa."

Appena aperto, ecco le vien contro una vampa di
fuoco, e vede tanta gente che bruciava, e, in mezzo a
tutti, sua sorella la maggiore, e poi sua sorella la seconda. — Lucia! Lucia! — gridarono — toglici di qui! sal-
vaci!

Lucia per prima cosa richiuse la porta per bene; poi
pensò come poteva salvare le sorelle.

Quando tornò il Diavolo, Lucia s'era rimessa tra i
capelli il suo gelsomino, e faceva finta di niente. Naso
d'Argento guardò il gelsomino. — Oh, è fresco — disse.

— Certo, perché non avrebbe dovuto esser fresco?
Che si tengono in testa i fiori secchi?

— Niente, dicevo così per dire — fece Naso d'Argento. — Tu mi sembri una brava ragazza, se continuerai
così andremo sempre d'accordo. Sei contenta?

— Sì, qui sto bene, ma starei ancor meglio se non ci
avessi un pensiero.

— Che pensiero?

— Quando sono partita da casa mia madre non stava tanto bene. E ora sono senza sue notizie.

— Se non è che questo — disse il Diavolo — ci faccio un passo io e così ti porto notizie.

— Grazie, siete proprio buono. Se potete passarci domani, io intanto preparo un sacco con un po' di roba sporca, così se mia madre sta bene gliela date da lavare. Non vi pesa?

— Figurati — disse il Diavolo. — Io posso portare qualsiasi peso.

Appena il Diavolo fu uscito, Lucia aperse la porta dell'Inferno, tirò fuori sua sorella maggiore e la chiuse in un sacco. — Stattene lì tranquilla, Carlotta — le disse. — Adesso il Diavolo in persona ti riporterà a casa. Ma, se senti che fa tanto di posare il sacco, bisogna che tu dica: «Ti vedo! Ti vedo!»

Quando venne Naso d'Argento, Lucia gli disse: — Qui c'è il sacco della roba da lavare. Ma ce lo portate davvero fin da mia madre?

— Non ti fidi di me? — fece il Diavolo.

— Sì che mi fido, tanto più che io ho questa virtù: che posso vedere da lontano, e, se fate tanto di posare il sacco da qualche parte, io lo vedo.

Il Diavolo disse: — Ah sì, guarda! — ma lui a questa storia della virtù di vedere da lontano ci credeva poco. Si mise il sacco in spalla. — Quanto pesa, questa roba sporca! — fece.

— Sfido! — disse la ragazza. — Quanti anni erano che non davate niente a lavare?

Naso d'Argento si mise in cammino. Ma, arrivato a mezza strada, si disse: "Sarà! Però io voglio vedere se

questa ragazza, con la scusa di mandare la roba a lavare, non mi vuota la casa" e fece per posare il sacco e aprirlo.

— Ti vedo! Ti vedo! — gridò subito la sorella da dentro il sacco.

"Perbacco, è vero! Vede da distante!" si disse Naso d'Argento, e rimessosi il sacco in spalla, andò difilato a casa della madre di Lucia. — Vostra figlia vi manda questa roba da lavare e vuol sapere come state...

Appena rimasta sola, la lavandaia aperse il sacco, e figuratevi il suo piacere a ritrovare la figlia maggiore.

Dopo una settimana, la Lucia tornò a far la malinconica con Naso d'Argento, e a dirgli che voleva notizie della madre.

E lo mandò a casa sua con un altro sacco di roba sporca. Così Naso d'Argento si portò via la seconda sorella, e non riuscì a guardare dentro il sacco perché sentì gridare: — Ti vedo! Ti vedo!

La lavandaia, che ormai sapeva che Naso d'Argento era il Diavolo, era piena di paura vedendolo tornare perché pensava che le avrebbe chiesto la roba lavata dell'altra volta, ma Naso d'Argento posò il nuovo sacco, e disse: — La roba lavata la verrò a prendere un altro giorno. Con questo sacco pesante mi son rotto le ossa e voglio tornare a casa scarico.

Quando se ne fu andato, la lavandaia tutta ansiosa aperse il sacco e abbracciò la sua seconda figlia. Ma cominciò a essere più in pena che mai per Lucia che ora era sola in mano al Diavolo.

Cosa fece Lucia? Di lì a poco, riattaccò con quella storia delle notizie della madre. Il Diavolo, s'era ormai sec-

cato di portar sacchi di roba sporca, ma questa ragazza era così obbediente che lui se la teneva cara. La sera prima, Lucia disse che aveva tanto mal di testa e andava a letto prima. — Vi lascio il sacco preparato, così domattina, anche se non mi sento bene e non mi trovate alzata potete prenderlo da voi.

Ora, bisogna sapere che Lucia s'era cucita una bambola di stracci grande quanto lei. La mise a letto, sepolta sotto le coperte, si tagliò le trecce e le cucì in testa alla bambola, così che sembrava lei addormentata. E lei si chiuse nel sacco.

La mattina, il Diavolo vide la ragazza in letto sprofondata sotto le coperte, e si mise in via col sacco in spalla. "Stamattina è malata" si disse. "Non ci farà attenzione. È la volta buona per vedere se è davvero solo roba sporca." Posò lesto il sacco e fece per aprirlo. — Ti vedo! Ti vedo! — gridò Lucia.

"Perbacco! Proprio la sua voce come fosse qui! È una ragazza che è meglio non scherzarci tanto." Si rimise il sacco in spalla e lo portò alla lavandaia. — Passerò a prendere tutto poi — disse in fretta — ora devo tornare a casa perché Lucia è ammalata.

Così la famiglia fu di nuovo riunita, e siccome Lucia s'era portata dietro anche tanti quattrini del Diavolo, potevano vivere felici e contente. Piantarono una croce davanti all'uscio, così il Diavolo non osò più avvicinarsi.

(Piemonte)

LE NOZZE D'UNA REGINA E D'UN BRIGANTE

Si racconta che c'era una volta un Re e una Regina. Avevano una figlia e volevano sposarla. Il Re fece affiggere un bando che tutti i regnanti e i titolati concorressero a palazzo reale per esser passati in rivista. Tutti concorsero, e il Re con sua figlia al braccio stava a veder passare la sfilata. Il primo che a sua figlia fosse piaciuto gliel'avrebbe dato in sposo. Prima sfilarono tutti i Re, poi i Principi, poi i Baroni, i Cavalieri e i Professori. La figlia del Re non trovò nessun Re che le piacesse, e neanche nessun Principe. Sfilarono i Baroni e neanche quelli le piacevano. I Cavalieri lo stesso. Passarono i Professori e lei puntò il dito su uno di loro: — Padre mio, il mio sposo sarà quello. — Era un Professore forestiero, che nessuno conosceva. Il Re aveva dato la sua parola e dovette farla sposare al Professore. Dopo le nozze, lo sposo volle subito partire. La sposa salutò il padre e la madre, e partirono, seguiti dalla truppa. Dopo aver marciato per mezza giornata i soldati dissero allo sposo: — Altezza, ora pranziamo.

E lui: — A quest'ora non si pranza.

Dopo un altro po' di cammino, gli fecero la stessa proposta. E lui rispose ancora: — A quest'ora non si pranza.

I soldati, che non ne potevano più, gli dissero: — Allora ve n'andate a quel paese, voi e la vostra regal sposa.

E lui: — Andateci voi e tutto lo stato maggiore. — I soldati fecero dietro-front e i due sposi continuarono da soli.

Arrivarono in un posto solitario, tutto piante selvatiche e dirupi. — Siamo arrivati a casa — disse lo sposo.

— Come? Qui non c'è nessuna casa! — fece la figlia del Re che cominciava ad aver paura.

Lo sposo batté tre volte il suo bastone e s'aperse una caverna sotterranea. — Entra.

Ma la sposa disse: — Ho paura.

— Entra o t'ammazzo!

La sposa entrò. La caverna era piena di morti. Morti giovani e vecchi, buttati uno sull'altro a cataste.

— Vedi questi morti? — disse lo sposo. — Il tuo lavoro è questo: prenderli uno per uno e metterli in piedi in fila contro il muro. Ogni sera ne porto un carro pieno.

Così la figlia del Re cominciò la sua vita da sposa. Sollevava i morti dalla catasta e li metteva in piedi appoggiati al muro, in modo che occupassero meno spazio e ce ne stessero di più. E ogni sera arrivava il marito con un carro pieno di morti freschi. Era un lavoro duro, perché i morti, oltretutto, pesavano. E non poteva mai uscire dalla caverna perché era perfino sparita l'apertura.

La figlia del Re s'era portata con sé un po' di mobilia, e fra questa c'era un vecchio canterano, regalo d'una zia che era un po' fata. Il canterano, una volta che la sposa aperse un cassetto, parlò e disse: — Comanda, padroncina!

E lei, subito: — Comando d'andarmene subito a casa da mio babbo e da mia mamma.

Allora dal canterano uscì una colomba bianca, che disse: — Scrivi una lettera a tuo padre e mettimela nel becco.

Così fece la sposa, e la colomba la portò al Re e aspettò la risposta. Il Re scrisse:

Figlia mia, informati senz'indugio di come si può uscire dalla tua caverna e confida nel mio aiuto.

Quando la colomba riportò alla giovane la risposta del padre, ella decise di fare buon viso al marito quella sera, per riuscire a fargli rivelare il segreto. Al mattino si svegliò come stesse sognando. — Sai cosa sognavo? — disse. — Che ero uscita dalla caverna.

— Eh, ci vuol altro! — disse il marito.

— Perché? Cosa ci vuole? — fece lei, con l'aria innocente.

— Be', tanto per cominciare ci vuole uno che sia nato settimino come me, e questo settimino deve battere il bastone tre volte sulla rupe perché la caverna si apra.

Appena la colomba ebbe trasmesso al Re il segreto del settimino, il Re sguinzagliò i soldati per città e campagne, perché trovassero un settimino. Una lavandaia che metteva la roba ad asciugare, vedendo quel movimento di truppe pensò: "Qui mi rubano le lenzuola" e cominciò in fretta a tirarle via dalle corde.

— Non aver paura che non veniamo per rubare — le disse un caporale. — Stiamo cercando un settimino, chiunque sia, perché lo vuole il Re.

— Oh — disse la lavandaia — io ho proprio un figlio settimino. — Andò a casa e lo presentò ai soldati. Il settimino, esile esile, si mise col Re alla testa dei soldati, per andare a liberare la Reginella. Batté il bastone tre volte sulla rupe, s'aperse la caverna, la Reginella era già pronta ad aspettarli e se n'andò col padre, il settimino e i soldati.

Per la strada videro una vecchia in un orto. — Nonna — le dissero — se passa un uomo e vi chiede di noi, non ci avete veduti, d'accordo?

— Come? — fece la vecchia — volete uva passa e aranci spremuti per ricordo?

— Benissimo — dissero loro — siete proprio quel che fa per noi.

Di lì a poco, passò il brigante, che aveva trovato la caverna aperta e la sposa sparita. — Avete visto una donna con la truppa? — chiese alla vecchia.

— Che? Volete una cipolla per la zuppa?

— Macché cipolla! Un settimino e il Re insieme a sua figlia.

— Ah! Un etto di prezzemolo e basilico!

— No: la figliola del Re con i soldati!

— No, non cetrioli salati!

Il brigante scrollò le spalle e se ne andò. — Ma signore, perché vi siete offeso! — gli diceva dietro la vecchia. — Nessuno ha parlato mai di cetrioli salati!

La Reginella, giunta in salvo a casa di suo padre, si risposò poco dopo con il Re della Siberia. Il suo primo sposo brigante, però, continuava ad andare sulle sue tracce e architettò una cosa. Si vestì da santo, e si fece mettere in un quadro. Era un quadro grande con una spessa cornice chiusa con tre chiavistelli, e ci stava dentro il brigante in piedi che sembrava un santo, dietro uno spesso vetro. Il quadro fu portato a vendere al Re della Siberia, che lo vide così bello che sembrava vero, e lo comprò per metterlo al capezzale. Mentre nella stanza non c'era nessuno il brigante uscì dal quadro e mise sotto il guanciale del Re una carta con l'incantesimo. La Regina, quando vide al capezzale quel quadro di santo ebbe un sussulto, perché le pareva somigliasse al suo primo marito brigante. Ma il Re la rimproverò perché non doveva aver paura del quadro d'un santo.

Andarono a dormire. Appena si furono addormentati, il brigante aperse il primo catenaccio per uscire. La Regina si svegliò al rumore del catenaccio e diede un pizzicotto al marito, che tendesse l'orecchio anche lui, ma il Re dormiva, perché l'incantesimo di quella carta era che chi l'aveva sotto il guanciale dormiva e non si poteva svegliare. Il brigante aperse il secondo catenaccio: il Re non si svegliava e la Regina era fredda di paura. Aperse il terzo catenaccio, uscì e disse alla Regina: — Ora ti taglio la testa, metti bene il collo sul guanciale.

La Regina per tener il collo ben alto prese anche il guanciale del marito e così facendo la carta dell'incantesimo andò in terra. Il Re all'istante si svegliò, suonò la tromba che portava appesa al collo notte e giorno come fanno i Re, e tutti i soldati accorsero al passo. Videro il brigante, lo ammazzarono e così finì.

(Sicilia)

Il Fiorentino

C'era una volta un Fiorentino che tutte le sere andava a conversazione e sentiva ragionare la gente che aveva viaggiato e visto il mondo. Lui non aveva nulla da raccontare perché era sempre rimasto a Firenze e gli pareva di far la parte del citrullo.

Così gli venne voglia di viaggiare; non ebbe pace finché non ebbe venduto tutto, fatto i bagagli e fu partito. Cammina cammina, a buio chiese alloggio per la notte in casa d'un notaio. Il notaio lo invitò a cena e mangiando gli chiedeva il perché del suo viaggio. E sentito che il Fiorentino viaggiava per poter poi tornare a Firenze e aver qualcosa da raccontare disse: — Anche a me m'è venuto più volte questo desiderio: quasi quasi, se non vi dispiace, possiamo andare insieme.

— Si figuri — disse il Fiorentino. — Non mi par vero di trovare compagnia.

E la mattina partirono assieme, il Fiorentino e il notaio.

A buio arrivarono a una fattoria. Chiesero alloggio e il fattore chiese: — E perché siete in viaggio? — Quando l'ebbe saputo gli venne voglia di viaggiare anche a lui, e all'alba partì con loro.

I tre fecero molta strada insieme, finché arrivarono al palazzo d'un Gigante. — Bussiamo — disse il Fiorentino — così quando torniamo a casa avremo da raccontare di un Gigante.

Il Gigante venne ad aprire in persona e li ospitò. — Se volete restare con me — disse poi — qui alla Notaria mi manca un notaio, alla fattoria mi manca un fattore, e per il Fiorentino, sebbene di fiorentini non ne abbia bisogno, si troverà un posto anche per lui.

I tre si dissero: — Be', a stare al servizio di un Gigante si vedranno certo cose fuori dell'ordinario; chissà quante potremo raccontarne poi! — e accettarono. Li portò a dormire e rimasero intesi che l'indomani avrebbero combinato tutto.

L'indomani il Gigante disse al notaio: — Venga con me che le faccio vedere le carte della Notaria — e lo condusse in una stanza. Il Fiorentino, che era un gran curioso, e non voleva perdere l'occasione di vedere cose interessanti, mise l'occhio al buco della chiave e vide che mentre il notaio si chinava a guardare le carte, il Gigante alza una sciabola, gli taglia la testa, e lo butta testa e corpo in una botola.

"Questa sì che sarà da raccontare a Firenze!" pensò il Fiorentino. "Il guaio sarà che non mi crederanno."

— Il notaio l'ho messo al suo posto — disse il Gigante — ora sistemerò il fattore; venga che le mostro le carte della fattoria.

E il fattore, senza sospettare niente, seguì il Gigante in quella stanza.

Il Fiorentino dal buco della chiave lo vede chinarsi sulle carte e poi la sciabola del Gigante piombargli tra capo e collo, e poi lui decapitato finire nella botola.

Già si stava rallegrando di quante cose straordinarie poteva raccontare al suo ritorno, quando gli venne in mente che dopo il notaio e il fattore sarebbe toccato a lui, e che quindi non avrebbe potuto raccontare proprio niente. E gli venne una gran voglia di scappare, ma il Gigante uscì dalla stanza e gli disse che prima di sistemare lui voleva andare a pranzo. Si sedettero a tavola, e il Fiorentino non riusciva a ingollare nemmeno un boccone, e studiava un suo piano per sfuggire dalle mani del Gigante.

Il Gigante aveva un occhio che guardava male. Finito il pranzo il Fiorentino principiò a dire: — Peccato! Lei è tanto bello, ma codest'occhio…

Il Gigante, a sentirsi osservato in quell'occhio, stava a disagio, e cominciò ad agitarsi sulla sedia, a batter le palpebre e ad aggrottare le sopracciglia.

— Sa? — disse il Fiorentino — io conosco un'erba, che per i mali degli occhi è un toccasana; mi pare anzi d'averla vista qui nel prato del suo giardino.

— Ah, sì? Ah, sì? — fece subito il Gigante. — C'è qui nel prato? E andiamo a cercarla, allora.

E lo condusse nel prato, e il Fiorentino uscendo guardava bene porte e serrature per aver chiara in testa la via per scappare. Nel prato colse un'erba qualunque:

tornarono in casa e la mise a bollire in una pentola d'olio.

— L'avverto che farà molto male — disse al Gigante. — Lei è capace a resistere al dolore senza muoversi?

— Be', certo… certo che resisto… — fece il Gigante.

— Senta: sarà meglio che per tenerla ferma la leghi a questa tavola di marmo; se no lei si muove e l'operazione non riesce.

Il Gigante che a farsi aggiustare quell'occhio ci teneva molto si lasciò legare alla tavola di marmo. Quando fu legato come un salame, il Fiorentino gli rovesciò la pentola d'olio bollente negli occhi accecandoglieli tutti e due: e poi, via, giù per le scale, pensando: "Anche questa la racconto!"

Il Gigante con un urlo che fece tremare la casa s'alzò e con la tavola di marmo legata sulle spalle si mise a corrergli dietro a tentoni. Ma comprendendo che accecato com'era non l'avrebbe mai raggiunto ricorse a un'astuzia: — Fiorentino! — gridò. — Fiorentino! perché m'hai lasciato? Non mi finisci la cura? Quanto vuoi per finire di guarirmi? Vuoi quest'anello? — e gli tirò un anello. Era un anello fatato.

— To' — disse il Fiorentino — questo lo porto a Firenze e lo faccio vedere a chi non mi crede! — Ma appena l'ebbe raccolto e se lo fu infilato al dito, ecco che il dito gli diventa di marmo, pesante da trascinare per terra la mano, il braccio e tutto lui dietro, lungo disteso. Ora il Fiorentino non poteva più muoversi perché non ce la faceva a sollevare il dito. Cercò di sfilarsi l'anello dal dito ma non ci riusciva. Il Gigante gli era quasi addosso. Disperato il Fiorentino trasse di tasca il

coltello e si tagliò il dito: così poté scappare e il Gigante non lo trovò più.

Arrivò a Firenze con un palmo di lingua fuor dalla bocca, e gli era passata la voglia non solo di girare il mondo ma anche di raccontare dei suoi viaggi. E il dito disse che se l'era tagliato a falciare l'erba.

(Pisa)

C'era un ragazzo grande e grosso che non aveva paura di nulla. Disse a suo padre: — Caro padre, voglio andare per il mondo a cercarmi fortuna. — Il padre gli diede la sua benedizione e il ragazzo se ne andò.

Arrivò in una gran città, e i muri delle case erano tappezzati di stoffe nere e la gente vestiva a lutto, e anche le carrozze e i cavalli erano a lutto. — Che è successo qualcosa? — domandò a un passante, e questi singhiozzando gli disse: — Deve sapere che vicino a quella montagna c'è un castello nero, abitato da stregoni. E questi stregoni vogliono che ogni giorno sia mandata loro una creatura umana, che entra nel castello e non ritorna più. Prima hanno voluto le ragazze, e il Re ha dovuto mandare tutte le cameriere e massaie e fornaie e tessitrici, poi tutte le damigelle della Corte e tutte le dame, e pochi giorni fa anche la sua unica figliola. E nessuna ha fatto più ritorno. Ora il Re ci manda i soldati, a tre a tre per vedere se si possono difendere, ma non torna più nessuno. Oh, se qualcuno riuscisse a liberarci dagli stregoni, diventerebbe il padrone della città.

— Voglio provare io — disse il giovane, e si fece subito presentare al Re. — Maestà, voglio andare io da solo al castello. — Il Re lo guardò bene in viso. — Se ce la fai — gli disse — e se liberi mia figlia, te la darò in moglie ed erediterai il mio regno. Basta che tu riesca a passare tre notti al castello e l'incantesimo sarà rotto e gli stregoni spariranno. Sui merli del castello c'è un cannone. Se domattina sei ancora vivo, spara un colpo, dopodomani mattina sparane due, e il terzo mattino sparane tre.

Quando si fece sera, il ragazzo si mise in strada per il castello nero. Sali e sali, a mezzanotte passò vicino a un cimitero. Dalle tombe uscirono tre morti e gli chiesero: — Ci stai a giocare con noi?

— E perché no? — lui rispose — ma a cos'è che volete giocare?

— Ai birilli — dissero i morti.

— Ma dove ce li avete i birilli?

I morti presero delle ossa, e le misero ritte per terra. — Questi sono i nostri birilli.

— E la palla? Io non vedo nessuna palla.

I morti presero un cranio. — Questa è la nostra palla. — E incominciarono a giocare ai birilli.

— Ci stai a giocare a soldi?

— Sì che ci sto!

Il ragazzo si mise a giocare a birilli col teschio e le

ossa, ed era molto bravo: vinceva sempre lui e guadagnò tutti i soldi che avevano i morti. Quando furono rimasti senza un soldo, i morti vollero la rivincita, e si giocarono gli anelli e i denti d'oro: e vinse ancora il giovane. Fecero ancora una partita, e poi gli dissero: — Hai vinto di nuovo, e noi non abbiamo più niente da darti. Ma poiché i debiti di gioco vanno pagati subito, ti diamo questo braccio di morto che è qui da cinquecento anni: è un po' secco ma ben conservato e ti servirà meglio d'una spada. Qualsiasi nemico tu toccherai con questo braccio, il braccio l'afferrerà per il petto e lo spingerà per terra morto cadavere, anche se è un gigante.

I morti se ne andarono e lasciarono il ragazzo con quel braccio in mano.

Proseguendo per la sua strada, il ragazzo arrivò al castello nero col braccio di morto sotto il mantello. Salì per le scale ed entrò in una sala. C'era un gran tavolo apparecchiato, carico di vivande, ma le sedie avevano la spalliera voltata verso il tavolo. Lasciò tutto come stava, andò in cucina, accese il fuoco, e si sedette vicino al focolare, tenendo il braccio di morto in mano. A mezzanotte sentì delle voci nel camino che gridavano:

Ne abbiamo uccisi tanti,
E ora tocca a te!
Ne abbiamo uccisi tanti,
E ora tocca a te!

E, *tunfete!*, dal camino calò uno stregone, e *tunfete!* ne calò un secondo, e *tunfete!* un terzo, tutti con delle facce brutte da far paura e dei nasi lunghi lunghi che si piegavano per aria come braccia di polpi e che cercavano d'avvinghiarsi alle mani e alle gambe del giovane. Lui capì che soprattutto doveva guardarsi da quei nasi, e si mise a difendersi col braccio di morto, come facesse la scherma. Toccò col braccio di morto uno stregone sul petto: e niente. Ne toccò un altro sulla testa: e niente. Al terzo lo toccò sul naso e la mano di morto afferrò quel naso e gli diede un tale strattone che lo stregone morì. Il giovanotto capì che il naso degli stregoni era pericoloso, ma era anche il loro punto debole, e si mise a mirare al naso. Il braccio di morto afferrò per il naso anche il secondo, e l'ammazzò; e così fece col terzo. Il ragazzo si fregò le mani e andò a dormire.

Al mattino salì sui merli e sparò il cannone: *bum*! Di laggiù, dal paese dove tutti stavano in ansia, si vide un grande agitare di fazzoletti listati a lutto.

Quando la sera entrò di nuovo nella sala, trovò già una parte delle sedie voltate e messe nella posizione giusta. E dalle altre porte entrarono dame e damigelle tristi e vestite a lutto, e gli dissero: — Resistete, per carità! Liberateci! — Poi si sedettero a tavola e mangiarono. Dopo cena se ne andarono tutte, con grandi riverenze. Lui andò in cucina, si sedette sotto il camino e aspettò la mezzanotte. Quando batté il dodicesimo rintocco, dalla cappa si sentirono di nuovo le voci:

Ci hai ucciso tre fratelli,
Ed ora tocca a te!
Ci hai ucciso tre fratelli,
Ed ora tocca a te!

E *tunfete, tunfete, tunfete,* tre stregoni dal lungo naso piombarono giù dal camino. Il ragazzo, brandendo il braccio di morto, non ci mise molto ad afferrarli per il naso e a stenderli cadaveri tutti e tre.

Alla mattina sparò due cannonate: *bum! bum!,* e giù al paese vide agitarsi tanti fazzoletti bianchi: s'erano tolti la lista nera da lutto.

La terza sera trovò che le sedie voltate nella sala erano ancora di più, e le giovani nerovestite entrarono ancora più numerose della sera prima. — Solo oggi ancora — lo implorarono — e ci libererai tutte! — Poi mangiarono con lui e se ne andarono di nuovo. E lui si sedette al solito posto in cucina. A mezzanotte le voci che si misero a gridare nel camino parevano un coro:

Ci hai ucciso sei fratelli,
Ed ora tocca a te!
Ci hai ucciso sei fratelli,
Ed ora tocca a te!

E *tunfete, tunfete, tunfete, tunfete,* venne giù una pioggia di stregoni che non finiva più, tutti coi lunghi nasi tesi avanti, ma il ragazzo mulinava il braccio di morto e tanti ne venivano, tanti ne ammazzava, e senza sforzo, perché bastava che quella manaccia rinsecchita li pigliasse sul naso ed erano cadaveri. Se ne andò a dormire proprio soddisfatto, e, appena il gallo cantò, tutto nel castello tornò a vivere, e un corteo di signorine e nobildonne, con i vestiti a strascico, entrarono in cucina a ringraziarlo e riverirlo. Nel bel mezzo del corteo avanzava la Principessa. Giunta di fronte al giovane, gli gettò le braccia al collo, e disse: — Voglio che tu sia il mio sposo!

A tre a tre entrarono i soldati liberati, e fecero il presentat-arm.

— Salite sui merli del castello — ordinò il giovane — e sparate tre colpi di cannone. — Si sentì tuonare il cannone e dal paese si vide un agitarsi di fazzoletti gialli verdi rossi azzurri e l'eco di un suonare di trombe e di grancasse.

Il ragazzo scese dalla montagna col corteo della gente liberata ed entrò in paese: i drappi neri erano scomparsi e non si vedevano che bandiere e nastri colorati che s'agitavano al vento. C'era il Re ad aspettarli, con la corona tutta infiorata. Lo stesso giorno furono celebrate le nozze e fu una festa così grande che se ne parla ancora.

(Trentino)

FIABE TUTTE DA RIDERE

Il soldato napoletano

Tre soldati s'erano dati alla campagna. Uno era romano, uno fiorentino e il più piccolo era napoletano. Dopo aver girato la campagna in lungo e in largo, li colse il buio mentre erano in un bosco. E il romano che era il più anziano disse: — Ragazzi, non è giro da mettersi a dormire tutti e tre; bisogna far la guardia un'ora per uno.

Cominciò lui, mentre gli altri due, buttati i sacchi per terra e srotolate le coperte, si misero a dormire. Era quasi finita l'ora di guardia, quando dal bosco uscì un gigante.

— Che stai a fare tu qua? — chiese al soldato.

E il romano senza neanche guardarlo in faccia: — Non ho da render conto a te.

Il gigante gli si fa addosso, ma il soldato, più svelto di lui, caccia la sciabola e gli taglia la testa. Poi prende la testa con una mano, il corpo con l'altra e va a buttare tutto in un pozzo. Ripulisce la sciabola ben bene, la rinfodera, e chiama il compagno che gli doveva dare il cambio. Ma prima di svegliarlo pensò: "È meglio che non gli dica niente, se no questo fiorentino si mette paura e scappa." Così quando il fiorentino, svegliato, gli chiese: — S'è visto niente? — lui rispose: — No, no, è tutto calmo — e andò a dormire.

Il fiorentino si mise di guardia, ed ecco che anche a lui, proprio quando stava per finire la sua ora, si presentò un gigante, uguale all'altro e gli domandò: — Be', che stai a fare qui di bello?

E lui: — Non ho da render conto né a te né a nessuno.

Il gigante gli s'avventa contro, ma il soldato fa più presto di lui e gli stacca la testa dal corpo con una sciabolata. Poi prende testa, prende corpo e butta tutto nel pozzo. Era venuta l'ora del cambio e pensò: "A quel fifone del napoletano è meglio che non gli dica niente. Se sa che qui succedono cose di questo genere, taglia la corda e buona notte al secchio."

Difatti quando il napoletano gli chiese: — T'è successo niente? — gli rispose: — Niente; puoi startene tranquillo — e andò a dormire.

Il soldato napoletano se ne stette di guardia per quasi un'ora, e il bosco era tutto silenzioso. A un tratto, si sente un passo tra le fronde ed esce un gigante. — Che stai a fare, qui?

— E a te che t'importa? — fece il napoletano. Il gigante alzò su di lui una mano che l'avrebbe schiacciato come una frittata, ma il soldato più svelto di lui alzò la durlindana e gli staccò il capo di netto. Poi lo prese e lo buttò nel pozzo. Ora avrebbe dovuto svegliare di nuovo il romano, ma invece pensò: "Prima, voglio vedere un po' di dove veniva quel gigante." E si cacciò nel bosco. Scorse una luce e s'avvicinò a una casetta. Mise l'occhio al buco della serratura e vide tre vecchie accanto al fuoco che discorrevano.

— È suonata mezzanotte e i mariti nostri non si vedono — diceva una delle vecchie.

— Che gli sia successo qualcosa? — diceva un'altra.

E la terza: — Quasi quasi ci sarebbe da andargli un po' incontro, che ne dite?

— Andiamo subito — disse la prima. — Io prendo la lanterna che fa vedere fino a cento miglia lontano.

— E io — fece la seconda — prenderò la spada che a ogni giro stermina un esercito.

E la terza: — E io il fucile che riesce ad ammazzare la lupa del palazzo del Re.

— Andiamo — e aprirono la porta.

Il napoletano con la sua sciabolona era lì dietro lo stipite che le aspettava. Uscì la prima, con la lanterna in mano e il soldato, *zunfete!*, la fece restar secca senza nemmeno farle dire «amen». Scese la seconda e, *zunfete!*, anche lei. Scese la terza, e *zunfete* pure alla terza.

Il soldato ora aveva la lanterna, la spada e il fucile di quelle streghe, e volle subito provarli. "Vediamo un po' se è vero quel che stavano a dire queste tre rimbambite." Alzò la lanterna, e vide che cento miglia lontano c'era un esercito schierato con le lance e gli scudi a difendere un castello, e sulla loggia del castello c'era una lupa incatenata con gli occhi fiammeggianti. — Leviamoci una curiosità — disse il soldato. Alzò la spada e le fece fare un giro in aria. Poi riprese la lanterna, guardò: tutti i soldati erano stesi in terra morti, con le lance spezzate, e i cavalli gambe all'aria. Allora prese il fucile e sparò alla lupa che morì sul colpo.

— Ora voglio andare a vedere da vicino — disse il soldato.

Cammina cammina, arrivò al castello. Bussò, chiamò, nessuno rispondeva. Entrò, fece il giro di tutte le stanze e non si vedeva anima viva. Ma ecco che nella stanza più bella, seduta su una poltrona di velluto, c'era una bella giovane addormentata.

Il soldato le si avvicinò, ma quella continuava a dormire. Dal piede le s'era sfilata una pianella. Il soldato la raccolse e se la mise in tasca. Poi le diede un bacio e se ne andò in punta di piedi.

Se n'era appena andato, quando la fanciulla si svegliò. Chiamò le damigelle che erano nella stanza accanto, tutte addormentate anche loro. Anche le damigelle si svegliarono e accorsero. — L'incantesimo è rotto, l'incantesimo è rotto! Ci siamo svegliate! La Principessa s'è svegliata! Chi sarà stato il cavaliere che ci ha liberate?

— Presto — disse la Principessa — affacciatevi alle finestre e guardate se vedete qualcuno.

Le damigelle s'affacciarono e videro l'esercito sterminato e la lupa stecchita. Allora la Principessa disse: — Presto, correte da Sua Maestà mio padre e ditegli che qui è venuto un coraggioso cavaliere, che ha sconfitto l'esercito che mi teneva prigioniera, ha ammazzato la lupa che mi faceva la guardia, e mi ha tolto l'incantesimo dandomi un bacio. — Si guardò il piede nudo e disse: — E poi, m'ha portato via la pianella del piede sinistro.

Il Re, contento e felice, fece mettere gli affissi per tutto il paese:

Chi si presenterà come salvatore di mia figlia, gliela darò in sposa, sia egli principe o straccione.

Intanto il napoletano era tornato dai compagni ed era già giorno. Li svegliò. — Perché non ci hai chiamato prima? Quanti turni di guardia ti sei fatti?

Il napoletano di raccontare tutte quelle cose non aveva voglia, e disse: — Tanto non avevo sonno, sono rimasto di guardia io.

Passarono dei giorni, e al paese della figlia del Re non s'era ancora presentato nessuno a pretendere la sua mano come legittimo salvatore. — Come va questa faccenda? — si chiedeva il Re.

Alla Principessa venne un'idea: — Papà, facciamo così: apriamo un'osteria nella campagna, con letti per dormire, e mettiamo sull'insegna: *Qui si mangia, beve e dorme per tre giorni gratis.* Ci si fermerà tanta gente e sapremo certo qualcosa.

Così fecero, e la figlia del Re faceva l'ostessa. Ecco che càpitano i tre soldati, affamati come lupi. Passano, cantando come facevano sempre anche se tiravano la cinghia, leggono l'insegna e il napoletano fa: — Ragazzi, qui si mangia e dorme gratis.

E i compagni: — Sì, stacci a credere! Ci scrivono così per gabbare il prossimo.

Ma s'era fatta sull'uscio la Principessa ostessina che disse loro di entrare, che quel che diceva l'insegna era vero. I tre entrarono e la Principessa servì loro una cena da signori. Poi si sedette al loro tavolo, e disse: — Be', che ci avete di nuovo da raccontarmi, voialtri che venite da fuori? Io, in mezzo a questa campagna, non so mai niente di quel che succede.

— Che volete che vi raccontiamo, sora padrona? — fece il romano. E così, facendo il modesto, le raccontò la storia di quando era di guardia e gli s'era presentato il gigante e lui gli aveva tagliato la testa.

— To'! — fece il fiorentino — a me pure m'è successo così — e raccontò anche lui del suo gigante.

— E voi? — disse la Principessa al napoletano — non v'è successo niente?

I compagni si misero a ridere. — Che volete che gli sia successo? È un fifone quest'amico nostro, che se sente muovere una foglia di notte piglia la fuga e non lo trovate più per una settimana.

— Perché lo trattate così, poveretto? — disse la giovane, e insistette che raccontasse anche lui.

Allora il napoletano disse: — Se lo volete sapere, anche a me mentre voi dormivate, m'è comparso un gigante, e l'ho ammazzato.

— Bum! — fecero i compagni sghignazzando. — Se solo lo vedevi morivi dalla tremarella! Basta: non vogliamo sentire più nulla. Andiamo a letto — e lo lasciarono solo con l'ostessina.

L'ostessina faceva bere il napoletano e lo faceva continuare a raccontare. Così lui, a poco a poco le raccontò tutto: delle tre vecchie, della lanterna, del fucile, del-

la spada, e della bella fanciulla addormentata che lui aveva baciata, e le aveva portato via una pianella.

— E ce l'avete ancora questa pianella?

— Eccola qui — disse il soldato, traendola di tasca.

Allora la Principessa, tutta contenta, gli diede ancora da bere finché non cadde addormentato, poi disse al garzone: — Portatelo in quella camera che ho fatto preparare apposta; toglietegli i suoi abiti e mettetegli vestiti da Re sulla sedia.

Il napoletano la mattina si svegliò e si trovò in una camera tutta d'oro e di broccato. Andò per cercare i suoi vestiti e trovò abiti da Re. Si pizzicò per assicurarsi che non dormiva, e visto che da sé non si raccapezzava, suonò un campanello.

Entrarono quattro servitori in livrea, con grandi inchini: — Altezza, comandi. Ha riposato bene, Altezza?

Il napoletano faceva tanto d'occhi: — Ma siete impazziti? Che altezza e non altezza? Datemi i miei panni che voglio vestirmi, e facciamola finita con questa commedia.

— Ma si calmi, Altezza, si faccia fare la barba, si faccia pettinare.

— Dove sono i miei compagni? Dove avete messo la mia roba?

— Adesso vengono, adesso avrete tutto, ma permetta che la vestiamo, Altezza.

Quando vide che non c'era altro da fare per toglierseli di torno, il soldato li lasciò fare: lo sbarbarono, lo pettinarono, e gli misero gli abiti da Re. Poi gli portarono la cioccolata, la torta e i confetti. Finito di far colazione disse: — Ma i miei compagni li posso vedere, sì o no?

— Subito, Altezza.

E fecero entrare il romano e il fiorentino, che a vederlo vestito in quel modo restarono a bocca aperta. — Ma, di', come ti sei mascherato?

— Ne sapete qualcosa voialtri? Io ne so quanto voi.

— Chissà cos'hai combinato! — dissero i compagni. — Chissà quante bubbole hai raccontato ieri sera alla padrona!

— Io per regola vostra bubbole non ne ho raccontato a nessuno — disse lui.

— E allora come va questa storia?

— Vi dirò io come va — disse il Re entrando in quel momento con la Principessa vestita del suo manto più prezioso. — Mia figlia era sotto un incantesimo e questo giovanotto l'ha liberata.

E tra domande e risposte, si informarono di tutto quel che era successo.

— Per questo — disse il Re — lo faccio sposo di mia figlia e mio erede. In quanto a voialtri due, non vi preoccupate. Sarete fatti Duchi, perché se non aveste ammazzato gli altri due giganti, mia figlia non sarebbe stata salvata.

Furono fatte le nozze tra l'allegria generale.

Mangiarono pane a tozzi
E una gallina verminosa,
Viva la sposa, viva la sposa.

(Roma)

Una volta ci fu un Re che aveva due figli gemelli: Giovanni e Antonio. Siccome non si sapeva bene chi dei due fosse nato per primo, e in Corte c'erano pareri contrastanti, il Re non sapeva chi di loro far succedere nel regno. E disse: — Per non far torto a nessuno, andate per il mondo a cercar moglie, e quella delle vostre spose che mi farà il regalo più bello e raro, il suo sposo erediterà la Corona.

I gemelli montarono a cavallo, e spronarono via uno per una strada uno per l'altra.

Dopo due giorni, Giovanni arrivò a una gran città. Conobbe la figliola d'un Marchese e le disse della questione del regalo. Lei gli diede una scatolina sigillata da portare al Re e fecero il fidanzamento ufficiale. Il Re tenne la scatolina senza aprirla, aspettando il regalo della sposa d'Antonio.

Antonio cavalcava cavalcava e non incontrava mai città. Era in un bosco folto, senza strade, che pareva non avesse mai fine e doveva farsi largo tagliando i rami con la spada, quando a un tratto gli s'aperse davanti una radura, e in fondo alla radura era un palazzo tutto di marmo, con le vetrate risplendenti. Antonio bussò, e chi gli aperse la porta? Una scimmia. Era una scimmia in livrea da maggiordomo; gli fece un inchino e lo invitò a entrare con un gesto della mano. Due altre scimmie lo aiutarono a scender da cavallo, presero il cavallo per la briglia e lo condussero alle scuderie. Lui entrò e salì una scala di marmo coperta di tappeti, e sulla balaustra c'erano appollaiate tante scimmie, silenziose, che lo riverivano. Antonio entrò in una sala dove c'era un tavolo apparecchiato per il gioco delle carte. Una scimmia lo invitò a sedere, altre scimmie si sedettero ai lati, e Antonio cominciò a giocare a tresette con le scimmie. A una cert'ora gli fecero cenno se voleva mangiare. Lo condussero in sala da pranzo, e alla tavola imbandita servivano scimmie col grembiule, e i convitati erano tutte scimmie coi cappelli piumati. Poi l'accompagnarono con le fiaccole a una camera da letto e lo lasciarono a dormire.

Antonio, sebbene allarmato e stupefatto, era tanto stanco che s'addormentò. Ma sul più bello, una voce lo svegliò, nel buio, chiamando:

— Antonio!

— Chi mi chiama? — disse lui, rannicchiandosi nel letto.

— Antonio, cosa cercavi venendo fin qua?

— Cercavo una sposa che facesse al Re un regalo più

bello di quella di Giovanni, cosicché a me tocchi la Corona.

— Se acconsenti a sposare me, Antonio — disse la voce nel buio — avrai il regalo più bello e la Corona.

— Allora sposiamoci — disse Antonio con un fil di voce.

— Bene: domani manda una lettera a tuo padre.

L'indomani Antonio scrisse al padre una lettera, che stava bene e sarebbe tornato con la sposa. La diede a una scimmia, che saltando da un albero all'altro arrivò alla Città Reale. Il Re, sebbene sorpreso dell'insolito messaggero, fu molto contento delle buone notizie e alloggiò la scimmia a Palazzo.

La notte dopo, Antonio fu di nuovo svegliato da una voce nel buio: — Antonio! Sei sempre del medesimo sentimento?

E lui: — Sicuro che lo sono!

E la voce: — Bene! Domani manda un'altra lettera a tuo padre.

E l'indomani di nuovo Antonio scrisse al padre che stava bene e mandò la lettera con una scimmia. Il Re tenne anche questa scimmia a Palazzo.

Così ogni notte la voce domandava ad Antonio se non aveva cambiato parere, e gli diceva di scrivere a suo padre, e ogni giorno partiva una scimmia con una lettera per il Re. Questa storia durò per un mese e la Città Reale, ormai, era piena di scimmie: scimmie sugli alberi, scimmie sui tetti, scimmie sui monumenti. I calzolai battevano i chiodi con una scimmia sulla spalla che gli faceva il verso, i chirurghi operavano con le scimmie che gli portavano via i coltelli e il filo per ri-

cucire i malati, le signore andavano a spasso con una scimmia seduta sull'ombrellino. Il Re non sapeva più come fare.

Passato un mese, la voce nel buio finalmente disse: — Domani andremo assieme dal Re e ci sposeremo.

La mattina, Antonio scese e alla porta c'era una bellissima carrozza con una scimmia cocchiere montata in serpa e due scimmie lacchè aggrappate dietro. E dentro la carrozza, su cuscini di velluto, tutta ingioiellata, con una grand'acconciatura di piume di struzzo, chi è che c'era? Una scimmia. Antonio si sedette al suo fianco e la carrozza partì.

All'arrivo alla città del Re, la gente fece ala a quella carrozza mai vista e tutti stavano sbigottiti dalla meraviglia a vedere il Principe Antonio che aveva preso in sposa una scimmia. E tutti guardavano il Re che stava ad aspettare il figlio sulle scale del Palazzo, per vedere che faccia avrebbe fatto. Il Re non era Re per niente: non batté ciglio, come se lo sposare una scimmia fosse la cosa più naturale del mondo. Disse soltanto: — L'ha scelta, la deve sposare. Parola di Re è parola di Re — e prese dalle mani della scimmia uno scatolino sigillato come quello della cognata. Gli scatolini si sarebbero aperti l'indomani, giorno delle nozze. La scimmia fu accompagnata nella sua stanza e volle esser lasciata sola.

L'indomani Antonio andò a prendere la sposa. Entrò e la scimmia era allo specchio che si provava l'abito da sposa. Disse: — Guarda se ti piaccio — e così dicendo si voltò. Antonio restò senza parola: da scimmia che era voltandosi s'era trasformata in una ragazza bella, bionda, alta e benportante che era un piacere a vederla. Si fregò gli occhi, perché non riusciva a crederci, ma lei disse: — Sì, sono proprio io la vostra sposa. — E si buttarono l'uno nelle braccia dell'altro.

Fuori del palazzo c'era tutta la folla venuta per vedere il Principe Antonio che sposava la scimmia, e quando invece lo videro uscire al braccio d'una così bella creatura, restarono a bocca aperta. Più in là lungo la strada facevano ala tutte le scimmie, sui rami, sui tetti e sui davanzali. Quando passò la coppia reale ogni scimmia fece un giro su se stessa e in quel giro tutte si trasformarono: chi in dama col manto e lo strascico, chi in cavaliere col cappello piumato e lo spadino, chi in frate, chi in contadino, chi in paggio. E tutti fecero corteo alla coppia che andava a unirsi in matrimonio.

Il Re aprì gli scatolini dei regali. Aprì quello della sposa di Giovanni e c'era dentro un uccellino vivo che volava, che era proprio un miracolo potesse esser stato chiuso lì tutto quel tempo; l'uccellino aveva nel becco una noce, e dentro alla noce c'era un fiocco d'oro.

Aperse lo scatolino della moglie di Antonio e c'era un uccellino vivo pure lì, e l'uccellino aveva in bocca una lucertola che non si sapeva come facesse a starci, e la lucertola aveva in bocca una nocciola che non si sapeva come ci entrasse, e aperta la nocciola c'era dentro tutto piegato per bene un tulle ricamato di cento braccia.

Già il Re stava per proclamare suo erede Antonio, e Giovanni aveva già la faccia scura, ma la sposa d'Antonio disse: — Antonio non ha bisogno del regno di suo padre, perché ha già il regno che gli porto io in dote, e che lui sposandomi ha liberato dall'incantesimo che ci aveva fatto scimmie tutti quanti! — E tutto il popolo di scimmie tornate esseri umani acclamarono Antonio loro Re. Giovanni ereditò il Regno del padre e vissero di pace e d'accordo.

Così stettero e godettero
E a me nulla mi dettero.

(Toscana)

A Maglie c'era una madre e un padre che avevano un figlio, e questo figlio aveva il diavolo in corpo: ora si vendeva una cosa, ora se ne impegnava un'altra, passava la notte fuori di casa, insomma era la croce di quei poveri vecchi. E una sera la madre disse: — Marito mio, quello ci ridurrà certo al lumicino, facciamo qualsiasi sacrifizio e mandiamolo via per il mondo.

L'indomani il padre gli comprò un cavallo e prese cento ducati in prestito. Quando lui a mezzogiorno venne a casa, gli disse: — Figlio mio, non puoi continuare a menare una vita come questa. Qui c'è cento ducati e un cavallo. Va' e trovati pane.

— Be' — disse il figlio — me ne andrò a Napoli. — Si mise la via sotto i piedi e andò. Cammina di qua, cammina di là, in mezzo a una campagna vide un uomo carponi in terra. — Bel giovane — gli disse — che fai lì? Come ti chiami?

— Folgore — disse quello.

— E di cognome?

— Saetta.

— E perché questo nome?

— Perché l'arte mia è andar dietro alle lepri. — L'aveva appena detto, quando ne passò una. Lui spiccò quattro salti e la acchiappò.

— Be', sai cosa ti dico? — disse il Magliese. — Vienitene con me a Napoli. Io ho cento ducati. — Folgore non se lo fece dire due volte, e partirono, uno a cavallo e l'altro a piedi.

Ne incontrarono un altro. — E tu come ti chiami?

— Ciecadritto — rispose.

— Che nome è questo? — Non aveva finito di dirlo, che passò uno stormo di cornacchie inseguite da un falco. — Be', vediamo cosa sai fare.

— Accieco l'occhio sinistro del falco e lo butto giù.

Tirò l'arco e il falco cadde giù con una freccia nell'occhio sinistro.

— Che dici, amico? Ci verresti con noi?

— Già che ci vengo: andiamo.

Arrivarono a Brindisi. Al porto c'erano centinaia d'uomini che lavoravano, ma tra gli altri ce n'era uno che lo caricavano più d'un mulo come niente fosse.

— Che bellezza! — dissero quei tre — glielo domandiamo come si chiama?

— Come ti chiami? — chiese il Magliese.

— Forteschiena.

— Be', lo sai che c'è di nuovo? Vieni con noi, che io

ho cento ducati e vi do da mangiare a tutti. Quando non ne avrò più, mi darete voi da mangiare a me.

Figuratevi gli altri scaricatori, a vedersi scappare Forteschiena, lui che li aiutava tutti! Si misero a gridare: — Ti diamo un altro carlino, ti diamo un altro carlino se stai con noi!

— No, no! — disse Forteschiena. — Meglio l'arte di Caifasso: mangiare bere e andare a spasso.

Andarono via tutti e quattro insieme, si cacciarono in una cantina, mangiarono a crepapancia, e vino quanto ne veniva. Poi si rimisero per strada. Non avevano fatto che cinque o sei miglia, che incontrano uno che teneva l'orecchio a terra.

— Che fai lì a faccia sotto? Come ti chiami?

— Orecchialepre — rispose. — Sento tutti i discorsi che si fanno al mondo: dei Re, dei ministri, degli innamorati.

E il Magliese: — Vediamo se dici davvero. Aguzza le orecchie e senti un po' cosa dicono a Maglie, in quella casa davanti alla colonna.

— Aspetta — fece lui. Si mise orecchio a terra. — Sento, sento parlare due vecchi sotto la cappa del camino, e la vecchia dice al vecchio: «Ringraziamo Dio d'aver fatto quel debito, marito mio; basta che quel diavolo scatenato se ne sia andato da casa nostra: finalmente stiamo in pace.»

— Sì, è vero — disse il Magliese — non possono essere che mio padre e mia madre.

Si rimisero in cammino e giunsero in un posto dove lavoravano tanti muratori, tutti trafelati di sudore, sotto il sole alto.

— E come fate, poveri cristiani, a lavorare a quest'ora?

— Come facciamo? Abbiamo chi ci tiene freschi. — E si vide uno che soffiava: *pfuh! pfuuuh!*

— Come ti chiami? — gli chiesero.

— Soffiarello — rispose. — Io son capace di fare tutti i venti. *Pfuu!* Questa è la tramontana. *Pfuu!* Questo è lo scirocco. *Pfuu!* Questo è il levante. — E continuò a fare venti soffiando a piene gote. — E se volete l'uragano, vi faccio pure l'uragano. — Soffiò e cominciarono a cadere a terra gli alberi, a volar per aria le pietre, un'ira di Dio.

— Basta, basta! — gli dissero, e si calmò.

Fece il Magliese: — Amico, io ho cento ducati. Ci vieni con me?

— E andiamo. — Fecero un'allegra compagnia tutti insieme: questo ne raccontava una, quello ne contava un'altra, e così giunsero a Napoli. Per prima cosa, andarono a mangiare, è naturale. Poi andarono da un barbiere, si misero tutti in ghingheri e uscirono a passeggio, a fare i guappi. Passò un giorno, due giorni, tre giorni, e dei cento ducati si cominciava già a vederne il fondo. Disse il Magliese: — Amici, l'aria di Napoli non mi piace. Andiamocene a Parigi che è meglio.

Cammina cammina, arrivarono a Parigi. Sulla porta della città, videro scritto:

Chi riesce a vincere alla corsa la figlia del Re, se la sposa. Se perde, pena di morte.

Disse il Magliese: — Folgore, a te, tocca — e salì a Palazzo reale. Si rivolse a un maggiordomo: — Eccellenza, io sono uno che viaggia per divertimento, ma entrando stamani in città ho letto la scommessa della figlia del Re. Voglio tentare.

— Figlio mio — rispose il maggiordomo — te lo dico in confidenza, quella è una pazza. Non vuole sposarsi, e va trovando tutti questi imbrogli, e fa andare a morte tanti bei giovani. Mi piange il cuore, vederti fare la fine degli altri.

— No, no — disse il Magliese. — Va' a dirglielo e combina il giorno, che io sono pronto.

Fu fissato tutto per domenica. Il Magliese scese a dirlo ai compagni: — Ah, non sapete niente? Lo spettacolo è domenica! — E andarono alla locanda a fare una mangiata e a combinare il da farsi. Disse Folgore Saetta: — Sai cosa devi fare? Sabato sera mi mandi con un biglietto, che t'è venuta la febbre e non puoi correre, e mandi me; se vinco, sposa sempre te, e se perdo sei sempre tu che t'impegni di farti mandare alla morte.

Così fecero, e la domenica mattina il popolo s'accalcò lungo tutta la strada spazzata che non si vedeva più un granello di polvere. Venuta l'ora, scese la Reginella, vestita da ballerina, e si mise vicino a Folgore Saetta. Tutti stavano a occhi spalancati. Diedero il segno. *Prrr!* La Reginella si lanciò come una lepre. Ma Folgore Saetta, in quattro balzi le passò sopra la testa e la lasciò indietro cento passi. Figuratevi i battimani, gli evviva! Gridavano tutti: — Bravo l'Italiano! S'è trovato finalmente chi le caccia i grilli, a questa pazza!

Lei se ne tornò con un becco come un pappagallo. Disse il Re: — Figlia mia, l'idea di questa scommessa è stata tua e adesso ti tocca pigliartelo, sia chi sia. — Ma lasciamo lei e prendiamo Folgore Saetta. Tornò in locanda e lì, giù a mangiare e bere con tutta la compagnia. Ma sul più bello: — Sst!! — fece Orecchialepre, e si mise a terra come faceva lui. — Ce l'ha con noi. La Reginella dice che non ti vuole per marito a nessun costo, che la corsa non vale, e che bisogna farne un'altra. E sta interrogando una magàra, perché trovi qualcosa per non farti vincere. E la magàra le dice che fa una magarìa a una pietra, e la fa incastonare in un anello, e la Reginella deve regalare l'anello a te prima della corsa, e quando l'avrai al dito non lo potrai più togliere e non ti reggeranno più le gambe.

— E io che ci sto a fare? — disse Ciecadritto. — Prima di metterti a correre, tendi la mano, e io tiro una freccia e ti faccio saltar via la pietra dall'anello. Poi vediamo cosa sa fare, la Reginella nostra!

— Bravo! Bravo! — dissero tutti, e non ci pensarono più.

L'indomani arrivò al malato un biglietto della Reginella, che si compiaceva per la bravura del suo amico, ma, se non gli dispiaceva, voleva si ripetesse lo spettacolo un'altra volta domenica.

Domenica, lungo la strada c'era ancora più gente. Venne l'ora e scese lei con le gambe fuori come una saltimbanca, e s'avvicinò all'Italiano porgendogli un anello: — Te', bel giovane, giacché sei stato il solo a vincermi alla corsa, ti regalo quest'anello per ricordo della sposa del tuo amico. — Gl'infilò l'anello, e lui si sentì le gambe che facevano giacomo giacomo, e non si teneva più ritto. Ciecadritto, che lo teneva d'occhio, gli gridò: — Tendi la mano! — Lui, lentamente, a fatica, stese la mano, e proprio in quel momento suonò la tromba. La Reginella era già corsa via davanti a lui. Ciecadritto tirò, la freccia fece volar via l'anello, e Folgore Saetta spiccò quattro guizzi, arrivò dietro alla Reginella, la saltò alla cavallina, la fece andare a faccia in terra e la passò.

Ma il più gran spettacolo era il popolo! Evviva, cappelli in aria! Lo presero in braccio e lo portarono in trionfo per il paese, per la gioia d'aver visto umiliata la superbia della Reginella.

E quando infine i cinque scapestrati si trovarono soli, presero ad abbracciarsi, a darsi manate sulla schiena.

— Siamo ricchi! — diceva il Magliese. — Domani, sarò Re e voialtri voglio vedere chi pretenderà di cacciarvi da Palazzo reale! Ditemi cosa volete che vi faccia.

— Ciambellano! — diceva uno.

— Ministro! — faceva un altro.

— Generale! — diceva un terzo.

Ma Orecchialepre fece segno di stare zitti. — Terra mi chiama! — e si buttò giù a sentire. Sentì che a Palazzo reale stavano discutendo d'offrirgli una grossa somma per aggiustar la cosa e non fargli sposare la Reginella.

— Adesso tocca a me — disse Forteschiena. — Le faccio sputare anche l'anima.

La mattina dopo, il Magliese si mise tutto in ghingheri e si presentò a Palazzo. Fuor della sala trovò un consigliere. — Figlio mio, vuoi sentire il consiglio d'uno più vecchio di te? Se ti prendi per moglie quella pazza, ti prendi il diavolo in casa. Invece, se vuoi qualsiasi somma, chiedila, e vattene in grazia di Dio.

— Ti ringrazio di quel che m'hai detto — fece il Magliese. — Ma di dire quanti tornesi voglio non mi va. Facciamo che vi mando un amico mio e tutto quel che potete caricargli sulle spalle lo caricate.

Così si presentò Forteschiena, con cinquanta sacchi da dieci quintali l'uno. — Mi manda l'amico mio perché mi carichiate.

Tutti si guardarono, prendendolo per pazzo. — Dico davvero — fece lui — sbrigatevi. — Entrarono nel tesoro e cominciarono a riempire uno di quei sacchi. Per caricarglielo sulle spalle ci vollero venti persone a sollevarlo. Quando gliel'ebbero messo addosso, gli chiesero: — Ce la fai?

— Puh! — disse lui. — Mi pare d'averci un filo di paglia.

Si rimisero a empire sacchi, e finirono il monte dell'oro. Attaccarono quello dell'argento e anche l'argento finì tutto sulle spalle di Forteschiena. Presero il rame, e neanche il rame bastava. Ficcarono nei sacchi candelieri, stoviglie, e lui reggeva tutto.

— Come ti senti? — gli chiedevano.

— Scommettiamo che mi carico anche il Palazzo?

Vennero i compagni e videro una montagna che camminava da sola, con sotto due piedini. E si misero in strada per andarsene, in grande allegria.

Avevano fatto cinque o sei miglia, quando Orecchialepre che ogni tanto si chinava ad ascoltare, disse: — Compagni, a Palazzo reale stanno tenendo concistoro. C'è il consigliere che sapete cosa dice? «È possibile, Maestà, che quattro saltafossi ci abbiano lasciati nudi come vermi, che non possiamo nemmeno comprarci un soldo di pane? Tutto quel che avevamo, si son presi! Presto! Mandiamo un reggimento di cavalleria e facciamoli a pezzi!»

— Be', è finita — disse il Magliese. — Tutte le altre le abbiamo arrangiate, ma ora, con gli schioppi, chi ci si mette?

— Ah, scemo! — disse Soffiarello. — Ti sei scordato che io faccio alzare l'uragano e li mando tutti a gambe all'aria? Voi andate avanti, che vi faccio vedere io!

Si sentiva già lo scalpitìo dei cavalli. Appena furono a tiro, Soffiarello cominciò a soffiare, prima pian piano: *pf, pf,* poi più forte: *pfff!,* che cominciarono a essere accecati dalla polvere, poi fortissimo: *pfuuu!* e si videro i cavalieri rotolare sotto i cavalli, gli alberi con le radici per aria, i muri che crollavano, i cannoni che volavano!

Quando fu sicuro d'averne fatto una frittata, raggiunse i compagni, e disse: — Eh, questa non se la sognava, il Re di Francia! Se lo tenga per detto e lo racconti ai figli suoi.

Così tornarono a Maglie in grazia di Dio, si spartirono quattro milioni per ciascuno, e quando si ritrovavano tutti insieme dicevano: — Alla faccia del Re di Francia e di quella pazza di sua figlia!

(Puglie)

CRICCHE, CROCCHE E MANICO D'UNCINO

Una volta c'erano tre mariuoli: Cricche, Crocche e Manico d'Uncino. Fecero una scommessa per vedere chi era il mariuolo più fino. Si misero in cammino; Cricche andava avanti e vide una gazza che covava nel suo nido in cima a un albero. Disse: — Volete vedere che tolgo le uova di sotto a quella gazza senza che se ne accorga?

— Sì. Facci vedere!

Cricche salì sull'albero per rubare le uova, e mentre le stava rubando, Crocche gli tagliava i tacchi da sotto le scarpe e se li nascondeva nel cappello. Ma prima che si fosse rimesso il cappello in testa Manico d'Uncino glieli aveva già rubati. Cricche scese dall'albero e disse: — Il mariuolo più fino sono io, perché ho rubato le uova di sotto alla gazza.

E Crocche: — Il più fino sono io, perché t'ho tagliato le suole di sotto le scarpe senza che te ne sei accorto. — E si tolse il cappello per mostrargli i tacchi, ma non ce li trovò.

Allora Manico d'Uncino fece: — Il più fino sono io, perché ti ho rubato i tacchi dal cappello. E visto che sono il più fino, mi voglio dividere da voi, perché ci rimetto.

Se ne andò per conto suo, e mise da parte tanta roba che diventò ricco. Cambiò città, si sposò e aperse bottega da pizzicagnolo. Gli altri due andando in giro a rubare, arrivarono a questa città e videro la bottega. Si dissero: — Andiamo dentro, chissà che non ci sia da far qualcosa!

Entrarono, e c'era solo la moglie. — Bella signora, ci dà qualcosa da mangiare?

— Che volete?

— Una fetta di caciocavallo.

Mentre lei tagliava il caciocavallo, i due si guardavano intorno per vedere cosa c'era da aggranfare. Videro appeso un maiale squartato, e si fecero segno che a notte se lo sarebbero venuti a prendere. La moglie di Manico d'Uncino s'accorse dei loro segni, ma stette zitta e quando venne il marito gli raccontò tutto. Il marito, dal gran mariuolo che era, capì subito. — Questi saranno Cricche e Crocche che si vogliono rubare il maiale. Va bene! Ora ci penso io! — Prese il maiale e lo mise nel forno. La sera andò a dormire. Quando fu notte, Cricche e Crocche vennero per rubare il maiale, lo cercarono da tutte le parti e non lo trovarono. Crocche allora cosa pensò? Zitto zitto s'avvicinò al letto, dalla parte dov'era coricata la moglie di Manico d'Uncino e disse: — Di', non trovo più il maiale. Dove l'hai messo?

La moglie credette fosse il marito, e gli rispose: — E

dormi! Non ti ricordi che l'hai messo nel forno? — e si riaddormentò.

I due mariuoli andarono al forno, presero il maiale e uscirono. Prima uscì Crocche, poi Cricche col maiale in spalla. Passando per l'orto del pizzicagnolo, vide che c'era dell'erba da minestra; raggiunse Crocche e gli disse: — Torna nell'orto di Manico d'Uncino e raccogli un po' di minestra, così la cuociamo insieme a una coscia di porco quando siamo a casa.

Crocche tornò all'orto e Cricche andò avanti.

Intanto Manico d'Uncino si svegliò, andò a vedere nel forno e non trovò il porco, guardò nell'orto e vide Crocche che coglieva minestra. "Ora gliela faccio io!" pensò. Prese un bel fascio d'erba da minestra che aveva in casa, e uscì di corsa, senza farsi vedere da Crocche.

Raggiunse Cricche che andava curvo con il maiale in spalla, gli andò vicino e gli fece segno che voleva il maiale. Cricche si credette che fosse Crocche che tornava con la minestra, prese il fascio che gli porgeva, e gli passò il maiale. Quand'ebbe il maiale sulle spalle, Manico d'Uncino si voltò e tornò di corsa a casa.

Dopo un po', Crocche raggiunse Cricche con l'erba in mano, e gli disse: — E il maiale dove l'hai messo?

— L'hai tu!

— Io? Io non ho niente!

— Ma se poco fa mi hai dato il cambio a portarlo!

— E quando? Tu mi hai mandato a far minestra!

Alla fine capirono che era stato Manico d'Uncino, e che era lui il mariuolo più fino di tutti.

(Campania)

C'era una mamma che aveva un figlio sciocco, pigro e mariolo. Si chiamava Giufà. La mamma, che era povera, aveva un pezzo di tela, e disse a Giufà: — Prendi questa tela e valla a vendere; però se ti capita un chiacchierone non gliela dare: dalla a qualcuno di poche parole.

Giufà prende la tela e comincia a strillare pel paese: — Chi compra la tela? Chi compra la tela?

Lo ferma una donna e gli dice: — Fammela vedere. — Guarda la tela e poi domanda: — Quanto ne vuoi?

— Tu chiacchieri troppo — fa Giufà — alla gente chiacchierona mia madre non vuol venderla — e va via.

Trovò un contadino: — Quanto ne vuoi?

— Dieci scudi.

— No: è troppo!

— Chiacchierate, chiacchierate: non ve la do.

Così tutti quelli che lo chiamavano o gli si avvicinavano gli pareva parlassero troppo e non la volle vendere a nessuno. Cammina di qua, cammina di là, s'infilò in un cortile. In mezzo al cortile c'era una statua di gesso, e Giufà le disse: — Vuoi comprare la tela? — Attese un po', poi ripeté: — La vuoi comprare la tela? — Visto che non riceveva nessuna risposta: — Oh, vedi che ho trovato qualcuno di poche parole! Adesso sì che gli venderò la tela. — E l'avvolge addosso alla statua. — Fa dieci scudi. D'accordo? Allora i soldi vengo a prenderli domani — e se ne andò.

La madre appena lo vide gli domandò della tela.

— L'ho venduta.

— E i quattrini?

— Vado a prenderli domani.

— Ma è persona fidata?

— È una donna proprio come volevi tu: figurati che non mi ha detto neppure una parola.

La mattina andò per i quattrini. Trovò la statua, ma la tela era sparita. Giufà disse: — Pagamela. — E meno riceveva risposta più s'arrabbiava. — La tela te la sei presa, no? E i quattrini non me li vuoi dare? Ti faccio vedere io, allora! — Prese una zappa e menò una zappata alla statua da mandarla in cocci. Dentro la statua c'era una pentola piena di monete d'oro. Se le mise nel sacco e andò da sua madre. — Mamma, non mi voleva dare i danari, l'ho presa a zappate e m'ha dato questi.

La mamma che era all'erta, gli disse: — Dammi qua, e non raccontarlo a nessuno.

(Sicilia)

Una mattina Giufà se ne andò per erbe e prima di tornare in paese era già notte.

Mentre camminava c'era la luna annuvolata, e un po' s'affacciava, un po' spariva. Giufà si sedette su una pietra e guardava affacciarsi e sparire la luna e un po' le diceva: — Vieni fuori, vieni fuori — un po': — Nasconditi, nasconditi — e non la smetteva più di dire: — Vieni fuori! Nasconditi!

Lì sottostrada c'erano due ladri che squartavano un vitello rubato e quando sentirono: — Vieni fuori! — e: — Nasconditi! — si presero paura che fosse la giustizia. Saltano su, e via di corsa; e la carne la lasciano lì.

Giufà, sentendo correre i ladri, va a vedere che c'è, e trova il vitello squartato. Prende il coltello e comincia a tagliar carne anche lui; se ne riempie il sacco e se ne va.

Arrivato a casa: — Mamma, apri?

— È questa l'ora di tornare? — fa la mamma.

— Mi s'è fatto notte mentre portavo la carne e domani me la dovete vendere tutta, che mi servono i quattrini.

E sua madre: — Domani te ne torni in campagna e io vendo la carne.

La sera dell'indomani, quando Giufà tornò, chiese alla madre: — L'avete venduta, la carne?

— Sì. L'ho data a credito alle mosche.

— E quando ci pagano?

— Quando avranno da pagare.

Per otto giorni Giufà aspettò che le mosche gli portassero dei soldi. Visto che non gliene portavano, andò dal Giudice: — Signor Giudice, voglio che sia fatta giustizia. Ho dato la carne a credito alle mosche e non mi hanno più pagato.

Il Giudice gli disse: — Per sentenza, appena ne vedi una sei autorizzato ad ammazzarla.

Proprio in quel momento si posò la mosca sul naso del Giudice e Giufà, *punfete!*, con un pugno schiacciò la mosca e il naso!

(Sicilia)

A Giufà il lavoro non andava a genio. Mangiava e subito usciva per la strada a fare il vagabondo. Sua madre gli diceva sempre: — Giufà, così non si va avanti! Non tenti nemmeno di far qualcosa? Mangi, bevi e vai a spasso! Adesso basta: o ti guadagni da te la tua roba, o ti caccio in mezzo a una strada.

Giufà se ne andò nella strada principale di Palermo per guadagnarsi la sua roba. Da un mercante pigliò una cosa, dall'altro un'altra, finché non si rivestì di tutto punto. E a tutti diceva: — Mi faccia credito, che uno di questi giorni vengo a pagare.

Per ultimo si prese anche una bella berretta rossa.

Quando si vide ben rimpannucciato, disse: — Ah, ce l'ho fatta, mia madre non mi dirà più che sono un vagabondo! — Ma poi, ricordandosi che doveva pagare i mercanti, decise di far finta di morire.

Si buttò sul letto: — Muoio! Muoio! Son morto! — e mise le mani in croce e i piedi a pala. La madre si mise a strapparsi i capelli: — Figlio! Figlio! Che sciagura! Figlio mio! — Alle grida venne gente, si misero tutti a compiangere la povera madre. Si sparse la notizia, e anche i mercanti vennero a vedere il morto. — Povero Giufà — dicevano — mi doveva — (mettiamo) — sei tarì per un paio di calzoni... Glieli rimetto e pace all'anima sua! — E tutti venivano e gli rimettevano i suoi debiti.

Quello della berretta rossa invece non la mandava giù. — Io la berretta non ce la voglio rimettere. — Andò a vedere il morto e lo vide con la berretta nuova fiammante in testa. Gli venne un'idea. Quando i beccamorti presero Giufà e lo portarono alla chiesa per seppellirlo, gli andò dietro, si nascose in chiesa e restò ad aspettare la notte.

Venne notte, e nella chiesa entrarono dei ladri che dovevano spartirsi un sacchetto di danari rubati. Giufà stava fermo nel suo cataletto e quello della berretta stava nascosto dietro la porta. I ladri rovesciano il sacco dei danari, tutto monete d'argento e d'oro, e ne fanno tanti mucchietti quanti loro sono. Restava fuori una moneta da dodici tarì e non si sapeva a chi toccava.

— Per non litigare tra noi — dice uno dei ladri — facciamo così: qui c'è un morto, tiriamo al bersaglio con la moneta. Chi lo piglia in bocca, se la tiene.

— Bello! Bello! — approvarono tutti.

E si misero in posizione per tirare. Giufà, sentendo questo, s'alzò in piedi in mezzo al cataletto, e con una vociaccia gridò: — Morti! Risuscitate tutti!

I ladri lasciano i soldi e via di corsa.

Giufà, appena si vide solo, corse ai mucchietti, ma in quel momento saltò fuori anche quello della berretta, pure lui con le mani tese sui danari. Se li divisero e restò solo una moneta da cinque grani.

Giufà dice: — Questa me la piglio io.

— No: la piglio io.

E Giufà: — Tocca a me!

— Vattene che è mia!

Giufà prende uno spegnimoccoli e lo alza contro quello della berretta gridando: — Qui i cinque grani! Voglio il cinque grani!

I ladri, piano piano, stavano girando intorno alla chiesa per vedere cosa facevano i morti: lasciarci tanti danari rincresceva a tutti. Origliano alla porta e sentono questo gran diverbio per una monetina da cinque grani.

— Poveri noi! — dicono — quanti devono essere questi morti usciti dalle tombe! Gliene tocca appena cinque grani a ciascuno, e ancora i danari non gli bastano! — E via a gambe in spalla.

Giufà e quello della berretta tornarono a casa ognuno con un bel sacchetto di danari e Giufà con i cinque grani in più.

(Sicilia)

La madre di Giufà vedendo che di questo figlio non se ne poteva far bene, lo mise a garzone da un taverniere. Gli disse il taverniere: — Giufà, va' al mare e lavami quest'otre, ma bene, sai, se no le pigli. — Giufà andò al mare con l'otre. E lì, lava che ti lava, continuò a lavarlo per tutta la mattina. Poi si disse: "Ora come faccio a sapere se è ben lavato: a chi lo chiedo?" Sulla spiaggia non c'era nessuno, ma in mezzo al mare andava un bastimento salpato ora dal porto. Giufà tira fuori un fazzoletto, e comincia a fare segni disperati, a gridare: — Ehi voi! Venite qua! Venite qua!

Il capitano dice: — Dalla riva ci fan segno. Accostiamo: chissà cosa voglion dirci: avremo scordato qualche cosa... — Vengono a riva con una scialuppa e c'è Giufà. — Ma che c'è? — chiede il capitano.

— Mi dica vossignoria: è ben lavato l'otre?

Il capitano saltò in aria: uno era e cento si fece: prese un bastone e suonò a Giufà quante legnate poteva.

E Giufà, piangendo: — Ma come dovevo dire?

— Devi dire: *Signore, fateli correre!* Così ci rifaremo del tempo che ci hai fatto perdere.

Giufà si mise l'otre sulle spalle calde dalle legnate e prese a camminare per la campagna, ripetendo forte: — Signore fateli correre, Signore fateli correre, Signore fateli correre.

Incontra un cacciatore che prendeva di mira due conigli. E Giufà: — Signore fateli correre, Signore fateli correre... — I conigli saltarono su e scapparono.

Il cacciatore: — Ah, figlio d'un cane! Proprio tu ci mancavi! — e gli dà il calcio del fucile in testa.

E Giufà, piangendo: — Ma come dovevo dire?

— Devi dire: *Signore, fateli uccidere!*

Giufà con l'otre in spalla se ne andò ripetendo: — Signore fateli uccidere... — E chi incontra? Due litiganti venuti alle mani. E Giufà: — Signore fateli uccidere... — A sentir questo, i due litiganti si separarono e si buttano contro Giufà: — Ah infame! Vieni ad attizzare la lite! — e d'amore e d'accordo cominciano a picchiare Giufà.

Appena poté parlare, Giufà, singhiozzando, chiese: — Ma come devo dire?

— Come devi dire? Devi dire: *Signore, fateli dividere!*

— Allora, Signore fateli dividere, Signore fateli dividere... — cominciò Giufà riprendendo il suo cammino.

C'erano due sposi che uscivano di chiesa allora allora dopo le nozze. Appena sentono: — Signore fateli dividere — lo sposo salta su, si toglie la cintura, e giù frustate su Giufà, gridandogli: — Uccellaccio di malaugurio! Mi vuoi far dividere da mia moglie!

Giufà non potendone più si buttò per morto. E quando andarono per tirarlo su e lui aprì gli occhi, gli chiesero: — Ma che t'è venuto in testa di dire, agli sposi?

E lui: — Ma cosa dovevo dire?

— Dovevi dire: *Signore, fateli ridere! Signore, fateli ridere!*

Giufà riprese l'otre e se ne andò, ripetendo quella frase. Ma in una casa c'era steso un morto, con intorno le candele, e i parenti che piangevano. Quando sentirono passare Giufà che diceva: — Signore fateli ridere — uscì uno con un bastone e Giufà quelle che non aveva ancora avute se le prese.

Allora Giufà capì che era meglio star zitto e correre alla taverna. Ma il taverniere, che l'aveva mandato a lavar l'otre di prima mattina e se lo vedeva tornare alla sera, aveva anche lui la sua parte di legnate da dargli. E poi lo licenziò.

(Sicilia)

FIABE UN PO' DA PIANGERE

Una volta si racconta che c'era sette figlie tutte femmine, figlie d'un Re e d'una Regina. Venne una guerra al padre; perdette, gli levarono il trono e fu preso prigioniero. Prigioniero il Re, la famiglia traversò tempi brutti: la Regina per risparmiare lasciò il palazzo; si ridussero in una casupola; tutto andava a rovescio; trovavano da mangiare per miracolo. Un bel giorno passa un fruttivendolo; la Regina lo chiama per comprare un po' di fichi; mentre sta comprando i fichi passa una vecchia e le chiede l'elemosina.

— Ah, Madre grande! — dice la Regina — potessi, altro che la carità vi farei: ma sono una poveretta anch'io, non posso.

— E com'è che siete poveretta? — le domanda la vecchia.

— Non sapete? Sono la Regina di Spagna, caduta in

bassa fortuna per la guerra che fecero a mio marito!

— Meschinella, avete ragione. Ma la sapete la causa per cui tutto vi va a rovescio? Avete in casa una figlia che è proprio sfortunata, e finché la terrete in casa non potrà mai venirvi bene.

— E che dovrei mandar via una mia figlia, ora?

— Eh, sissignora.

— E chi è questa figlia sfortunata?

— Quella che dorme con le mani in croce. Stanotte andatele a guardare con la candela mentre dormono: quella che trovate con le mani in croce, dovete mandarla via. Solo così riguadagnerete i regni perduti.

A mezzanotte la Regina prende la candela e passa davanti ai letti delle sette figlie. Tutte dormono chi con le mani giunte, chi con le mani sotto la guancia, chi con le mani sotto il guanciale. Arrivò all'ultima, che era la più piccina: e la trovò che dormiva con le mani in croce. — Ah, figlia mia! Proprio te devo mandar via!

Mentre diceva questo, la figlia piccola si risveglia e vede la madre con la candela in mano e gli occhi lagrimosi. — Mammà, che avete?

— Niente, figlia mia. Venne una vecchia, così e così, e mi disse che avrò bene soltanto quando manderò via di casa la figlia sfortunata che dorme con le mani in croce... E questa sfortunata sei tu!

— E per questo piangete? — disse la figlia. — Io ora mi vesto e me ne vado. — Si vestì, fece un fagotto delle sue cose e se ne andò.

Cammina, cammina, arrivò a una landa solitaria, dove sorgeva soltanto una casa. S'avvicinò, sentì il rumore d'un telaio, e vide delle donne che tessevano.

— Vuoi entrare? — disse una delle tessitrici.

— Sissignora.

— Come ti chiami?

— Sfortuna.

— E ci vuoi servire?

— Sissignora.

E si mise a scopare e a fare i servizi della casa. Alla sera le donne le dissero: — Senti, Sfortuna: noi la sera usciamo, e ti chiudiamo da fuori, tu poi ti chiuderai da dentro. Quando torniamo noi apriremo da fuori e tu aprirai da dentro. E devi badare che non ci rubino la seta, i galloni e la tela che abbiamo tessuto. — E se ne andarono.

Venne la mezzanotte, e Sfortuna intese uno scroscio di forbici, andò al telaio con una candela e vide una donna con le forbici che tagliava dal telaio tutta la tela d'oro: e capì che era la sua Mala Sorte che l'aveva seguita fin lì. Alla mattina tornarono le padrone: loro aprirono da fuori, lei da dentro. E appena entrate videro per terra quello scempio. — Ah, svergognata! Quest'è la ricompensa per averti ospitato! Va' via! Fuori! — E la cacciarono con una pedata.

Sfortuna camminò per la campagna. Prima d'entrare in un paese, si fermò davanti a una bottega di pane legumi vino ed altre cose. Domandò la carità; e la padrona della bottega le diede pane e toma, e un bicchiere di vino. Tornò il marito, n'ebbe compassione e disse di tenerla anche la sera e di farla dormire in bottega, in mezzo ai sacchi. I padroni dormivano di sopra, e nella notte sentirono un fracasso e si levarono: le botti erano stappate e il vino correva la casa. Il marito, a quel disastro, cercò la ragazza e la trovò sui sacchi che si lamentava come in sogno. — Svergognata! Questo non puoi esser stata che tu a farlo! — E cominciò a bastonarla con una stanga; poi la mandò via.

Senza sapere dove andare a sbattere, Sfortuna corse via piangendo. A giorno incontrò nella campagna una donna che lavava.

— Che hai da guardare?

— Sono spersa.

— E sai lavare?

— Sissignora.

— Allora resta a lavare con me; io insapono e tu risciacqui.

Sfortuna incominciò a sciacquare i panni e poi a stenderli. Man mano che asciugavano li andava raccogliendo. Poi si mise a rammendare, poi a inamidare, e da ultimo a stirarli.

Bisogna sapere che questi panni erano del Reuzzo. Quando il Reuzzo li vide, gli parvero una cosa bella davvero. — Gnà Francisca — disse — quando mai m'avete lavato così bene i panni! Stavolta vi meritate una mancia. — E le diede dieci onze.

La Gnà Francisca con quelle dieci onze vestì Sfortuna bella pulita, comprò un sacco di farina e fece il pane. Con l'ultima farina che le rimaneva fece due pani buccellati, pieni d'anice e sesamo, che dicevano mangiami mangiami. Disse a Sfortuna: — Con questi due pani buccellati, va' alla riva del mare e chiama la mia Sorte, così: *Aaah! Sorte della Gnà Franciscaaa!*, per tre volte. Alla terza volta s'affaccerà la mia Sorte, tu le darai un pane buccellato e la saluterai da parte mia. Poi fatti insegnare dove sta la tua Sorte, e fa' lo stesso con lei.

Sfortuna, passo passo, andò alla riva del mare.

— Aaah! Sorte della Gnà Franciscaaa! Aaah! Sorte della Gnà Franciscaaa! Aaah! Sorte della Gnà Franciscaaa! — e la Sorte della Gnà Francisca venne. Sfortuna le fece l'ambasciata e le diede il pane buccellato. Poi le disse: — Sorte della Gnà Francisca, Vossignoria mi vuole fare la carità d'insegnarmi dove sta la mia Sorte?

— Sta' a sentire: prendi per questo sentiero, va' avanti un pezzo, troverai un forno; dietro alla scopa per spazzare il forno c'è nascosta una vecchia strega, pigliala con le buone, dalle il pane buccellato: è la tua Sorte. Vedrai che non lo vorrà, ti farà degli sgarbi: tu lasciaglielo e vieni via.

Sfortuna andò al forno, trovò la vecchia e quasi le venne schifo a veder quant'era sporca, cisposa e puzzolente. — Sorticella mia, vogliate favorire — le fece, offrendole il pane.

E la vecchia: — Va' via, va' via! Chi t'ha chiesto del pane! — e le voltò la schiena. Sfortuna posò lì il buccellato e se ne tornò a casa della Gnà Francisca.

L'indomani era lunedì, giorno di bucato: la Gnà Francisca metteva i panni a mollo e poi li insaponava; Sfortuna li stropicciava e li risciacquava, e dopo, quand'erano asciutti, li rammendava e li stirava. Una volta stirati, la Gnà Francisca li mise in un canestro e li portò a Palazzo. Il Reuzzo come li vide — Gnà Francisca — disse — a me non la date a bere; un bucato così voi non l'avete fatto mai — e le diede dieci onze di mancia.

La Gnà Francisca comprò altra farina, fece altri due

buccellati e mandò Sfortuna a portarli alle loro Sorti.

Al bucato seguente, il Reuzzo, che si doveva maritare e ci teneva a che i panni fossero ben lavati, diede alla Gnà Francisca una mancia di venti onze. E la Gnà Francisca stavolta non comprò solo la farina per due pani, ma per la Sorte di Sfortuna comprò una bella veste col guardinfante, la gonnella, i fazzoletti fini e un pettine, della pomata pei capelli e altre cianfrusaglie.

Sfortuna andò al forno. — Sorticella mia, eccoti il buccellato.

La Sorte, che si stava ammansendo, venne brontolando a prendere il pane; allora Sfortuna le si buttò addosso, l'afferrò e si mise a lavarla con spugna e sapone, a pettinarla, a rivestirla da capo a piedi. La Sorte, dopo essersi divincolata come un serpente, quando si vide bella pulita in quel modo, cambiò da così a così. — Senti, Sfortuna — disse — per il bene che m'hai fatto ti regalo questo scrignetto — e le diede uno scatolino piccolo come quelli dei cerini.

Sfortuna volò a casa dalla Gnà Francisca e aprì lo scatolino. C'era dentro un palmo di gallone. Restarono un po' deluse. — Oh! S'è proprio buttata via! — dissero e ficcarono il gallone in fondo a un canterano.

La settimana dopo, quando la Gnà Francisca portò il bucato al Palazzo, trovò il Reuzzo con la faccia scura. La lavandaia col Reuzzo era in confidenza e gli chiese: — Che hai, Reuzzo?

— Cos'ho! Ho che mi devo sposare e ora si scopre che all'abito di nozze della mia fidanzata manca un palmo di gallone, e in tutto il Regno non si trova del gallone uguale.

— Aspetta, Maestà — fece la Gnà Francisca. Corse a casa, frugò nel canterano e portò quel pezzo di gallone al Reuzzo. Lo confrontarono con quello dell'abito da sposa: era compagno.

Il Reuzzo disse: — Per avermi levato da una tale confusione, ti voglio pagare questo gallone a peso d'oro.

Prende una bilancia: da una parte mette il gallone, dall'altra l'oro. Ma l'oro non bastava mai. Riprova con una stadera: lo stesso.

— Gnà Francisca — disse alla lavandaia — ditemi la verità. Come mai un pezzetto di gallone pesa tanto? Di chi è?

La Gnà Francisca fu costretta a raccontare tutto e il Reuzzo volle vedere Sfortuna. La lavandaia fece vestire la ragazza per benino (a poco a poco avevano messo da parte un po' di roba) e la portò a Palazzo. Sfortuna entrò nella stanza reale e fece una bella riverenza; era figlia di regnante e non era certo l'educazione che le mancava. Il Reuzzo la salutò la fece sedere e poi le chiese: — Ma tu, chi sei?

E Sfortuna allora: — Io sono la figlia minore del Re di Spagna, quello che fu cacciato dal suo trono e preso prigioniero. La mia mala ventura m'ha fatto andare spersa per il mondo soffrendo sgarbi, disprezzi e bastonate — e gli raccontò tutto.

Il Reuzzo, prima cosa, fece chiamare le tessitrici a cui la Mala Sorte aveva tagliato seta e galloni. — Quanto vi sono costati quei danni?

— Duecent'onze.

— Eccovi duecent'onze. Sappiate che questa povera giovane che avete battuto è figlia di regnanti. Tenetevelo per detto. Avanti!

E fece chiamare i padroni della bottega cui la Mala Sorte aveva spillato le botti. — E voi che danno avete avuto?

— Trecent'onze...

— Eccovi trecent'onze. Ma un'altra volta prima di dare bastonate a una figlia di regnanti, pensateci due volte. Via!

Licenziò la fidanzata di prima e si sposò con Sfortuna. Per Dama di Corte le diede la Gnà Francisca.

Lasciamo gli sposi contenti e felici e prendiamo la madre di Sfortuna. Dopo la partenza della figlia, la ruota cominciò a girare in suo favore: e un giorno arrivò suo fratello e i suoi nipoti alla testa di una forte armata e le riconquistarono il Regno. La Regina e i suoi figli tornarono a impalazzarsi al loro vecchio palazzo e riebbero tutte le comodità; ma c'era quel pensiero della figlia minore che non ne sapevano più poco né tanto. Ma intanto il Reuzzo, saputo che la madre di Sfortuna aveva riguadagnato il suo Regno, mandò gli Ambasciatori a dirle che sua figlia l'aveva sposata lui. La madre tutta contenta si mise in viaggio con Cavalieri, e Dame di Corte. Con Cavalieri e Dame di Corte la figlia le mosse incontro dalla sua parte. S'incontrarono al confine e s'abbracciarono per ore e ore, con le sei sorelle intorno tutte commosse e una gran festa nell'uno e nell'altro Regno.

(Palermo)

BELLINDA E IL MOSTRO

C'era una volta un mercante di Livorno, padre di tre figlie a nome Assunta, Carolina e Bellinda. Era ricco, e le tre figlie le aveva avvezzate che non mancasse loro niente. Erano belle tutte e tre, ma la più piccola era d'una tale bellezza che le avevano dato quel nome di Bellinda. E non solo era bella, ma buona e modesta ed assennata, quanto le sorelle erano superbe, caparbie e dispettose, e per di più sempre cariche d'invidia.

Quando furono più grandi, andavano i mercanti più ricchi della città a chiederle per spose, ma Assunta e Carolina tutte sprezzanti li mandavano via dicendo: — Noi un mercante non lo sposeremo mai.

Bellinda invece rispondeva con buone maniere: — Sposare io non posso perché sono ancora troppo ragazza. Quando sarò più grande, se ne potrà riparlare.

Ma dice il proverbio: finché ci sono denti in bocca,

non si sa quel che ci tocca. Ecco che al padre successe di perdere un bastimento con tutte le sue mercanzie e in poco tempo andò in rovina. Di tante ricchezze che aveva, non gli rimase che una casetta in campagna, e se volle tirare a campare alla meglio, gli toccò d'andarcisi a ritirare con tutta la famiglia, e a lavorare la terra come un contadino. Figuratevi le boccacce che fecero le due figlie maggiori quando intesero che dovevano andare a far quella vita. — No, padre mio — dissero — alla vigna noi non ci veniamo; restiamo qui in città. Graziaddio, abbiamo dei gran signori che vogliono prenderci per spose.

Ma sì, valli a rincorrere i signori! Quando sentirono che erano rimaste al verde, se la squagliarono tutti quanti. Anzi, andavano dicendo: — Gli sta bene! Così impareranno come si sta al mondo. Abbasseranno un po' la cresta.

Però, quanto godevano a vedere Assunta e Carolina in miseria, tanto erano spiacenti per quella povera Bellinda, che non aveva mai arricciato il naso per nessuno. Anzi, due o tre giovinotti andarono a chiederla in sposa, bella com'era e senza un soldo. Ma lei non voleva saperne, perché il suo pensiero era d'aiutare il padre, e ora non poteva abbandonarlo. Infatti, alla vigna era lei ad alzarsi di buonora, a far le cose di casa, a preparare il pranzo alle sorelle e al padre. Le sorelle invece s'alzavano alle dieci e non muovevano un dito; anzi ce l'avevano sempre con lei, quella villana, come la chiamavano, che s'era subito abituata a quella vita da cani.

Un giorno, al padre arriva una lettera che diceva che a Livorno era arrivato il suo bastimento che si credeva perso, con una parte del carico che s'era salvato. Le sorelle più grandi, già pensando che tra poco sarebbero tornate in città e sarebbe finita la miseria, quasi diventavano pazze dalla gioia. Il mercante disse: — Io ora parto per Livorno per vedere di recuperare quel che mi spetta. Cosa volete che vi porti in regalo?

Dice l'Assunta: — Io voglio un bel vestito di seta color d'aria.

E Carolina: — A me invece portatemene uno color di pesca.

Bellinda invece stava zitta e non chiedeva niente. Il padre dovette domandarle ancora, e lei disse: — Non è il momento di far tante spese. Portatemi una rosa, e sarò contenta. — Le sorelle la presero in giro, ma lei non se ne curò.

Il padre andò a Livorno, ma quando stava per metter le mani sopra alla sua mercanzia, saltarono fuori altri mercanti, a dimostrare che lui era indebitato con loro e quindi quella roba non gli apparteneva. Dopo molte discussioni, il povero vecchio restò con un pugno di mosche. Ma non voleva deludere le sue figlie, e con quei pochi quattrini che gli rimanevano comprò il vestito color aria per Assunta e il vestito color pesca per Carolina. Poi non gli era rimasto neanche un soldo e pensò che tanto la rosa per Bellinda era così poca cosa, che comprarla o no non cambiava nulla.

Così, s'avviò verso la sua vigna. Cammina cammina, venne notte: s'addentrò in un bosco e perse la strada. Nevicava, tirava vento: una cosa da morire. Il mercante si ricoverò sotto un albero, aspettandosi da un momento all'altro d'essere sbranato dai lupi, che già sentiva ululare da ogni parte. Mentre stava così, voltando gli occhi, scorse un lume lontano. S'avvicinò e vide un bel palazzo illuminato. Il mercante entrò. Non c'era anima viva; gira di qua, gira di là: nessuno. C'era un camino acceso: zuppo fradicio com'era, il mercante ci si scaldò, e pensava: "Adesso qualcheduno si farà avanti." Ma aspetta, aspetta, non si faceva viva un'anima. Il mercante vide una tavola apparecchiata con ogni sorta di graziadidio, e si mise a mangiare. Poi prese il lume, passò in un'altra camera dov'era un bel letto ben rifatto, si spogliò e andò a dormire.

Al mattino, svegliandosi, restò di stucco: sulla seggiola vicino al letto c'era un vestito nuovo nuovo. Si vestì, scese le scale e andò in giardino. Un bellissimo rosaio era fiorito in mezzo ad una aiola. Il mercante si ricordò del desiderio di sua figlia Bellinda e pensò che ora poteva soddisfare anche quello. Scelse la rosa che gli pareva più bella e la strappò. In quel momento, dietro alla pianta si sentì un ruggito e un Mostro comparve tra le rose, così brutto che faceva incenerire solo a guardarlo. Esclamò: — Come ti permetti, dopo che t'ho alloggiato, nutrito, e vestito, di rubarmi le rose? La pagherai con la vita!

Il povero mercante si buttò in ginocchio e gli disse che quel fiore era per sua figlia Bellinda che non desiderava altro che una rosa in dono. Quando il Mostro ebbe sentito la storia, si ammansì; e gli disse: — Se hai una figlia così, portamela, che io la voglio tenere con me, e starà come una regina. Ma se non me la mandi, perseguiterò te e la tua famiglia dovunque siate.

Al poveretto, più morto che vivo, non parve vero di

dirgli di sì pur di andarsene, ma il Mostro lo fece ancora salire nel palazzo e scegliere tutte le gioie, gli ori e i broccati che gli piacevano e ne riempì una cassa, che avrebbe pensato lui a mandargliela a casa.

Tornato che fu il mercante alla sua vigna, le figlie gli corsero incontro, le prime due con molte smorfie chiedendogli i regali, e Bellinda tutta contenta e premurosa. Lui diede uno dei vestiti ad Assunta, l'altro a Carolina, poi guardò Bellinda e scoppiò in pianto, porgendole la rosa, e raccontò per filo e per segno la sua disgrazia.

Le sorelle grandi cominciarono subito a dire: — Ecco! Lo dicevamo, noi! Con le sue idee strane. La rosa, la rosa! Ora dovremo tutti pagarne le conseguenze.

Ma Bellinda, senza scomporsi, disse al padre: — Il Mostro ha detto che se vado da lui non ci fa nulla? Allora, io ci andrò perché è meglio che mi sacrifichi io piuttosto di patire tutti.

Il padre le disse che mai e poi mai ve l'avrebbe condotta, e anche le sorelle – ma lo facevano apposta – le dicevano che era matta: ma Bellinda non sentiva più nulla: puntò i piedi e volle partire.

La mattina dopo, dunque, padre e figlia all'alba si misero in strada. Ma prima, alzandosi per partire, il padre aveva trovato a piè del letto la cassa con tutte le ricchezze che aveva scelto al palazzo del Mostro. Senza dir niente alle due figlie grandi, egli la nascose sotto il letto.

Al palazzo del Mostro arrivarono di sera e lo trovarono tutto illuminato. Salirono le scale: al primo piano c'era una tavola imbandita per due, zeppa di graziadidio. Fame non ne avevano molta, pure si sedettero a piluccar qualcosa. Finito ch'ebbero di mangiare, si sentì un gran ruggito, e apparve il Mostro. Bellinda restò senza parola: brutto fino a quel punto non se l'era proprio immaginato. Ma poi, piano piano, si fece coraggio, e quando il Mostro le chiese se era venuta di sua spontanea volontà, franca franca gli rispose di sì.

Il Mostro parve tutto contento. Si rivolse al padre, gli diede una valigia piena di monete d'oro e gli disse di lasciar subito il palazzo e di non mettervi più piede: avrebbe pensato lui a tutto quel che poteva servire alla famiglia. Il povero padre diede l'ultimo bacio alla figlia, come avesse avuto cento spine in cuore e se ne tornò a casa piangendo da commuovere anche i sassi.

Bellinda, rimasta sola (il Mostro le aveva dato la buonanotte e se n'era subito andato) si spogliò e si mise a letto e dormì tranquilla per la contentezza d'aver fatto una buona azione e salvato suo padre da chissà quali sciagure.

La mattina, s'alzò serena e fiduciosa, e volle visitare il palazzo. Sulla porta del suo appartamento c'era scritto: *Appartamento di Bellinda*. Sullo sportello del guardaroba c'era scritto: *Guardaroba di Bellinda*. In ognuno dei begli abiti c'era ricamato: *Vestito di Bellinda*. E dappertutto c'erano cartelli che dicevano:

La regina qui voi siete,
Quello che volete avrete.

La sera, quando Bellinda si sedette a cena, si sentì il solito ruggito, e comparve il Mostro. — Permettete — le disse — che vi faccia compagnia mentre cenate?

Bellinda, garbata, gli rispose: — Siete voi il padrone.

Ma lui protestò: — No, qui padrona siete solo voi. Tutto il palazzo e quel che ci sta dentro è roba vostra. — Stette un po' zitto, come sovrappensiero, poi chiese: — È vero che sono così brutto?

E Bellinda: — Brutto siete brutto, ma il cuore buono che avete vi fa quasi bello.

E allora lui, subito: — Bellinda, mi vorresti sposare?

Lei tremò da capo a piedi e non seppe cosa rispondere. Pensava: "Ora se gli dico di no, chissà come la prende!" Poi si fece coraggio e rispose: — Se ho da dirvi la verità, di sposarvi non me la sento proprio.

Il Mostro, senza far parola, le diede la buonanotte e se n'andò via sospirando.

Così avvenne che Bellinda restò tre mesi in quel palazzo. E tutte le sere il Mostro veniva a chiederle la stessa cosa, se lo voleva sposare, e poi se n'andava sospirando. Bellinda ci aveva tanto preso l'abitudine, che se una sera non l'avesse visto, se l'avrebbe avuta a male.

Bellinda passeggiava tutti i giorni nel giardino, e il Mostro le spiegava le virtù delle piante. C'era un albero fronzuto che era l'albero del pianto e del riso. — Quando ha le foglie diritte in su — le disse il Mostro — in casa tua si ride; quando le ha pendenti in giù, in casa tua si piange.

Un giorno Bellinda vide che l'albero del pianto e del riso aveva tutte le fronde diritte con la punta in su. Domandò al Mostro: — Perché s'è così ringalluzzito?

E il Mostro: — Sta andando sposa tua sorella Assunta.

— Non potrei andare ad assistere alle nozze? — chiese Bellinda.

— Va' pure — disse il Mostro. — Ma che entro otto

giorni tu sia ritornata, se no mi troveresti bell'e morto. E questo è un anello che ti do: quando la pietra s'intorbida vuol dire che sto male e devi correre subito da me. Intanto prendi pure nel palazzo quel che più ti garba da portare in regalo di nozze, e metti tutto in un baule stasera a piè del letto.

Bellinda ringraziò, prese un baule e lo riempì di vestiti di seta, biancheria fine, gioie e monete d'oro. Lo mise a piè del letto e andò a dormire: e la mattina si svegliò a casa di suo padre, col baule e tutto. Gli fecero una gran festa, anche le sorelle, ma quando seppero che lei era così contenta e ricca, e il Mostro era tanto buono, ripresero a esser ròse dall'invidia, perché loro conducevano una vita che, pur senza mancar di nulla per via dei regali del Mostro, tuttavia non poteva dirsi ricca, e l'Assunta sposava un semplice legnaiolo. Dispettose com'erano, riuscirono a portar via a Bellinda l'anello, con la scusa di tenerlo un po' in dito, e glielo nascosero. La Bellinda cominciò a disperarsi, perché non poteva vedere la pietra dell'anello; e arrivato il settimo giorno tanto pianse e pregò, che il babbo ordinò alle sorelle di renderle subito l'anello. Appena l'ebbe in mano, lei vide che la pietra non era più limpida come prima; e allora volle subito partire e tornare al palazzo.

All'ora di desinare il Mostro non comparve, e Bellinda era preoccupata e lo cercava e chiamava dappertutto. Lo vide solo a cena comparire con un'aria un po' patita. Disse: — Sai che sono stato male e se tardavi ancora m'avresti trovato morto? Non mi vuoi più niente bene?

— Sì che ve ne voglio — lei rispose.

— E mi sposeresti?

— Ah, questo no — esclamò Bellinda.

Passarono altri due mesi e si ripeté il fatto dell'albero del riso e del pianto con le foglie alzate perché si sposava la sorella Carolina. Anche stavolta Bellinda andò con l'anello e un baule di roba. Le sorelle l'accolsero con un risolino falso; e Assunta era diventata ancora più cattiva perché il marito legnaiolo la bastonava tutti i giorni. Bellinda raccontò alle sorelle cosa aveva rischiato per essersi trattenuta troppo la volta prima e disse che stavolta non poteva fermarsi. Ma ancora le sorelle le trafugarono l'anello e quando glielo ridiedero la pietra era tutta intorbidita. Tornò piena di paura e il Mostro non si vide né a pranzo né a cena; venne fuori la mattina dopo, con l'aria languente e le disse:

— Sono stato lì lì per morire. Se tardi un'altra volta sarà la mia fine.

Altri mesi passarono. Un giorno, le foglie dell'albero del pianto e del riso pendevano tutte giù come fossero secche. — Che c'è a casa mia? — gridò Bellinda.

— C'è tuo padre che sta per morire — disse il Mostro.

— Ah, fatemelo rivedere! — disse Bellinda. — Vi prometto che stavolta tornerò puntuale!

Il povero mercante, a rivedere la figlia minore al suo capezzale, dalla contentezza cominciò a star meglio. Bellinda l'assistette giorno e notte, ma una volta nel lavarsi le mani posò l'anello sul tavolino e non lo trovò più. Disperata lo cercò dappertutto, supplicò le sorelle, e quando lo ritrovò la pietra era nera, tranne un angolino.

Tornò al palazzo ed era spento e buio, come fosse disabitato da cent'anni. Prese a chiamare il Mostro strillando e piangendo, ma nessuno rispondeva. Lo cercò dappertutto, e correva disperata per il giardino, quando lo vide steso sotto il rosaio che rantolava tra le spine. S'inginocchiò accanto a lui, sentì che ancora il cuore gli batteva, ma poco. Si buttò sopra di lui a baciarlo e a piangere e diceva: — Mostro, Mostro, se tu muori non c'è più bene per me! Oh, se tu vivessi, se tu vivessi ancora, ti sposerei subito per farti felice!

Non aveva finito di dirlo, che d'un tratto si vide il palazzo tutto illuminato e da ogni finestra uscivano canti e suoni. Bellinda volse il capo sbalordita e quando tornò a guardare nel rosaio, il Mostro era sparito e in vece sua c'era un bel cavaliere che s'alzò di tra le rose, fece una riverenza e disse: — Grazie, Bellinda mia, m'hai liberato.

E Bellinda restata di stucco: — Ma io voglio il Mostro — disse.

Il cavaliere si gettò in ginocchio ai suoi piedi e le disse: — Eccolo il Mostro. Per un incantesimo, dovevo restare mostro finché una bella giovane non avesse promesso di sposarmi brutto com'ero.

Bellinda diede la mano al giovane, che era un Re, e insieme andarono verso il palazzo. Sulla porta c'era il padre di Bellinda che l'abbracciò, e le due sorelle. Le sorelle, dall'astio che avevano, restarono una da una parte una dall'altra della porta e diventarono due statue.

Il giovane Re sposò Bellinda e la fece Regina. E così felici vissero e regnarono.

(Toscana)

Un Re era ficcanaso. Andava, a sera, sotto le finestre dei sudditi, a sentire cosa si diceva nelle case. Era un tempo di turbolenze, e il Re sospettava che il popolo covasse qualcosa contro di lui. Così, passando, già a buio, sotto una casuccia di campagna, sentì tre sorelle sulla terrazza, che discorrevano fitto fitto tra loro.

Diceva la maggiore: — Potessi sposare il fornaio del Re, farei pane in un giorno solo quanto ne mangia la Corte in un anno: tanto mi garba quel bel giovane fornaio!

E la mezzana: — Io vorrei per sposo il vinaio del Re, e vedreste che con un bicchier di vino ubriacherei tutta la Corte, quanto quel vinaio mi va a genio!

Poi chiesero alla più piccina, che restava zitta: — E tu, chi sposeresti?

E la piccina che era anche la più bella, disse: — Io invece vorrei in sposo il Re in persona, e gli farei due figli maschi di latte e sangue coi capelli d'oro e una figlia femmina di latte e sangue coi capelli d'oro e una stella in fronte.

Le sorelle le risero dietro: — Va', va' poverina, ti contenti di poco!

Il Re ficcanaso, che aveva sentito tutto, tornò a casa e l'indomani le mandò a chiamare tutte e tre. Le ragazze furono prese da sgomento, perché erano tempi di sospetti, e non sapevano cosa potesse loro capitare. Arrivarono lì tutte confuse e il Re disse: — Non abbiate paura: ripetetemi cosa stavate dicendo, ieri sera, sulla terrazza di casa vostra.

Loro, più confuse che mai, dicevano: — Mah, noi, chissà, niente…

— Non dicevate che volevate sposarvi? — disse il Re. E a furia d'insistere fece ripetere alla più grande il discorso che voleva sposare il fornaio. — Bene, ti sia concesso — disse il Re. E la maggiore ebbe il fornaio in sposo.

La seconda confessò che voleva il vinaio. — Ti sia concesso — disse il Re, e le diede il vinaio.

— E tu? — chiese alla più piccina. E quella, tutta rossa, gli ripeté quel che aveva detto la sera.

— E se ti fosse concesso davvero di sposare il Re — disse lui — manterresti la promessa?

— Le prometto che farei tutto il mio meglio — disse la ragazza.

— Allora, ti sia concesso di sposarmi, e tra tutte e tre vedremo chi tien fede meglio a quel che ha detto.

Di fronte alla fortuna della più piccina, divenuta Regina tutt'a un tratto, le sorelle maggiori, sposate col fornaio e col vinaio, non s'adattarono a essere da meno, e nacque in loro un'invidia che non sapevano come sfogare, e che ancor crebbe quando si seppe che la Regina aspettava già un bambino.

Intanto il Re dovette partire per la guerra contro un suo cugino. Disse alla sposa: — Ricordati quel che mi hai promesso. — La raccomandò alle cognate, e partì.

Mentre lui era in guerra, la sposa diede alla luce un bambino di latte e sangue coi capelli d'oro. Le sorelle, cosa pensarono? Portarono via il bambino, e al suo posto misero una scimmia. Il bambino lo diedero a una vecchia che lo annegasse. La vecchia andò al fiume col bambino in un canestro; arrivata al ponte, buttò giù canestro e tutto.

Nel fiume passò il canestro, galleggiando, e lo vide un barcaiolo che gli corse dietro via per la corrente. Lo prese, vide quella creatura così bella e la portò a casa sua, per darla a balia a sua moglie.

Al Re, in guerra, le cognate mandarono la notizia che a sua moglie era nata una scimmia invece del bambino di latte e sangue coi capelli d'oro: cosa ne devono fare? — O scimmia o bambino — risponde il Re — tenete conto di lei.

Finita la guerra, tornò a casa. Ma verso la moglie non riusciva più a esser come prima. Sì, le voleva sempre bene, ma era rimasto deluso perché non aveva mantenuto la parola. Nel mentre, la moglie tornò ad aspettare un bambino e il Re sperava che questa volta sarebbe andata meglio.

Per tornare al bambino, successe che un giorno il bar-

caiolo gli guardò bene i capelli e disse alla moglie: —
Ma guarda, non ti pare siano d'oro?

E la moglie: — Ma sì, è oro! — Tagliano una ciocca
e vanno a venderla. L'orefice la pesa sulla bilancia e
la paga come oro zecchino. D'allora in poi, ogni giorno il barcaiolo e la moglie tagliavano una ciocca al
bambino e la vendevano: così in breve tempo diventarono ricchi.

Intanto, al Re il cugino impose guerra un'altra volta. Il Re andò via e lasciò la moglie che aspettava il bambino. — Mi raccomando!

Anche stavolta, mentre il Re era lontano, la Regina
diede alla luce un bambino di latte e sangue coi capelli d'oro. Le sorelle prendono il bambino e al suo posto
ci mettono un cane. Il bambino lo danno alla solita vecchia che lo butta nel fiume in un canestro come suo fratello.

— Ma che storie sono queste? — dice il barcaiolo ve-
dendosi capitare un altro bambino giù per il fiume. Poi
pensò subito che coi capelli di questo avrebbe raddop-
piato i suoi guadagni.

Il Re, sempre là in guerra, ricevé dalle cognate: «Le
è nato un cane, Maestà, alla vostra sposa; scriveteci cosa
si deve far di lei.» Il Re scrisse in risposta: «Cane o ca-
gna che sia, tenete da conto la mia moglie.» E tornò in
città, scuro nel volto. Ma a questa sposa s'era proprio
affezionato, e sperava sempre che la terza volta le sarebbe andata bene.

Anche stavolta, mentre la Regina aspettava un bambino, ecco il cugino che gli fa guerra una terza volta;
guarda che destino! Il Re deve proprio andare; dice: —

Addio, ricordati la promessa. I due maschi coi capelli d'oro non me li hai dati; vedi di darmi la bambina con la stella in fronte.

Lei diede alla luce la bambina, una bambina proprio di latte e sangue, coi capelli d'oro e con la stella in fronte. La vecchia preparò il canestrino e la buttò nel fiume: e le sorelle in letto misero una tigre, piccolina. Scrissero al Re della tigre che era nata e chiesero cosa voleva fosse fatto della sua sposa. Lui scrisse: «Quello che volete, purché quando torno non la riveda nel palazzo.»

Le sorelle la prendono, la levano dal letto, la portano giù in cantina, la murano dal collo in giù, che le restava fuori solo la testa. Ogni giorno le andavano a portare un po' di pane e un bicchier d'acqua, e le davano uno schiaffo per una: questo era il suo cibo quotidiano. Le sue stanze furono murate, e di lei non restò più alcuna traccia; il Re, finita la guerra, non ne disse parola, né nessuno gliene parlò. Però era restato triste per tutti i suoi giorni.

Il barcaiolo che aveva trovato anche il canestrino della bimba, ora aveva tre bei ragazzi che crescevano a vista d'occhio, e coi capelli d'oro aveva fatto tanta e tanta ricchezza. E disse: — Ora bisogna pensare a loro, poverini: bisogna fabbricargli un palazzo, perché stanno diventando grandi. — E fece fabbricare, proprio in faccia a quello del Re, un palazzo più grande ancora, con un giardino dov'erano tutte le meraviglie del mondo.

Intanto, i bambini s'erano fatti giovanetti e la bambina una bella ragazzina. Il barcaiolo e sua moglie erano morti e loro, ricchi da non si dire, vivevano in questo bel palazzo. Tenevano sempre il cappello in testa e nessuno sapeva che avevano i capelli d'oro.

Dalle finestre del palazzo del Re, la moglie del fornaio e la moglie del vinaio li guardavano; e non sapevano d'essere le loro zie. Una mattina queste zie videro i fratelli e la sorellina senza cappello seduti a un balcone che si tagliavano i capelli l'uno all'altro. Era un mattino di sole e i capelli d'oro splendevano tanto che abbagliavano lo sguardo. Alle zie venne subito il sospetto che fossero i figli della sorella buttati nel fiume. Cominciarono a spiarli: videro che tutte le mattine si tagliavano i capelli d'oro e il mattino dopo li avevano di nuovo lunghi. Da quel momento, le due zie cominciarono ad aver paura dei loro delitti.

Intanto, anche il Re, dai cancelli, s'era messo a guardare il giardino vicino e quei ragazzi che ci abitavano. E pensava: "Ecco i figlioli che mi sarebbe piaciuto avere da mia moglie. Paiono proprio quelli che mi aveva promesso." Ma non aveva visto i capelli d'oro perché portavano sempre il capo coperto.

Cominciò a discorrere con loro: — Oh, gran bel giardino che avete!

— Maestà — rispose la ragazza. — C'è tutte le bellezze del mondo in questo giardino. Se lei ci fa degni, può venire a passeggiarci.

— Volentieri — e così entrò a far amicizia con loro.

— Visto che siamo vicini — disse — perché non venite domani da me a desinare?

— Ah, Maestà — risposero — ma sarà troppo incomodo per tutta la Corte.

— No — disse il Re — mi fate un regalo.

— E allora accetteremo le sue grazie e domani saremo da lei.

Quando le cognate seppero dell'invito, corsero dalla vecchia cui avevano dato le creaturine da ammazzare: — O Menga, che ne faceste di quelle creature?

Disse la vecchia: — Nel fiume le buttai, col cesto e tutto, ma il cesto era leggero e stava a galla. Se poi è andato a fondo o no, non stetti mica lì a vedere.

— Sciagurata! — esclamarono le zie. — Le creature sono vive e il Re le ha incontrate, e se le riconosce, siamo morte noi. Bisogna impedire che vengano a palazzo, e farle morire per davvero.

— Ci penso io — disse la vecchia.

E, fingendosi una mendicante, si mise al cancello del giardino. Proprio in quel momento, la ragazza stava guardandosi intorno e dicendo, come soleva: — Cosa manca in questo giardino? Di più non ci può essere! C'è tutte le bellezze del mondo!

— Ah, tu dici che non manca nulla? — disse la vecchia. — Io vedo che ci manca una cosa, bambina.

— E quale? — domandò lei.

— L'Acqua che balla.

— E dove si può trovare…? — cominciò a dire la bambina. Ma la vecchia era sparita. La ragazza scoppiò in pianto: — E io che credevo che non mancasse nulla nel nostro giardino, e invece, invece ci manca l'Acqua che balla; l'Acqua che balla: chissà che bella cosa è! — E così andava piangendo.

Tornarono i fratelli e a vederla disperata: — Cos'è? Cos'hai?

— Oh, vi prego, lasciatemi stare. Ero qui nel giardino e mi dicevo che qua erano tutte le bellezze del mondo, ed una vecchia è venuta al cancello e ha detto: «Lo dici tu che non ci manca nulla: ci manca l'Acqua che balla.»

— Tutto qui? — fece il fratello maggiore. — Vado io a cercarti questa cosa, così sarai felice. — Aveva un anello al dito e lo infilò in dito alla sorella. — Se la pietra cambia colore, è segno che son morto. — Montò a cavallo e corse via.

Aveva già molto galoppato, quando incontrò un eremita che gli chiese: — Dove vai, dove vai, bel giovane?

— Vado in cerca dell'Acqua che balla.

— Poverino! — disse l'eremita. — Ti vogliono mandare alla morte! Non sai che c'è pericolo?

Rispose il giovane: — Pericolo quanto volete, io quella roba devo trovarla.

— Sta' a sentire — disse l'eremita — vedi quella montagna? Va' in cima, troverai una gran pianura e in mezzo un bel palazzo. Davanti al portone ci sono quattro giganti con le spade in mano. Sta' attento: quando hanno gli occhi chiusi non devi passare, hai capito? Passa invece quando hanno gli occhi aperti. C'è il portone: se lo trovi aperto non passare, se lo trovi chiuso spingi e passa. Troverai quattro leoni: quando hanno gli occhi chiusi non passare, passa quando li trovi con gli occhi aperti, e troverai l'Acqua che balla. — Il ragazzo salutò l'eremita, montò a cavallo e prese su per la montagna.

Lassù vide il palazzo col portone aperto, e i quattro giganti con gli occhi chiusi. "Sì, aspetta che passi..." pensò, e si mise lì di guardia. Appena i giganti apersero gli occhi e il portone si chiuse, passò; aspettò che i leoni aprissero gli occhi anche loro e passò ancora. C'era l'Acqua che balla: il ragazzo aveva una bottiglia e la riempì. Appena i leoni riaprirono gli occhi, scappò via.

Immaginatevi la gioia della sorellina, che era stata tutti quei giorni a guardare con ansia l'anello, quando vide tornare il fratello con l'Acqua che balla. S'abbracciarono e baciarono, e subito misero due catinelle d'oro in mezzo al giardino e ci misero l'Acqua che balla: e l'Acqua saltava da una catinella all'altra catinella, e la bambina la stava a guardare piena di gioia, sicura ormai d'avere tutte le bellezze del mondo nel suo giardino.

Venne il Re, e le chiese come mai non erano venuti a desinare, che li aveva tanto aspettati. La bambina gli spiegò che non c'era l'Acqua che balla in giardino e suo fratello maggiore era dovuto andare a prenderla. Il Re lodò molto il nuovo acquisto e invitò di nuovo i tre ragazzi per l'indomani. La vecchia mandata dalle zie ritornò, vide l'Acqua che balla nel giardino e inghiottì bile. — Ora l'Acqua che balla ce l'hai — disse alla bambina — ti manca ancora l'Albero che suona — e se ne andò.

Vennero i fratelli. — Fratelli miei, se mi volete bene, sapete cosa dovete portarmi, l'Albero che suona.

E stavolta fu il secondo fratello a dire: — Sì, sorellina mia, vado e te lo porto.

Diede il suo anello alla sorella, montò a cavallo e corse fin dall'eremita che aveva aiutato suo fratello.

— Ahi! — disse l'eremita — l'Albero che suona è un osso duro. Senti cosa devi fare: sali sulla montagna, guardati dai giganti, dal portone, dai leoni, tutto come ha fatto tuo fratello. Poi troverai una porticina con sopra un paio di forbici; se le forbici sono chiuse non passare; se sono aperte, passa. Troverai un albero enorme che suona con tutte le sue foglie. Tu arrampicati e stacca il ramo più alto: lo pianterai nel tuo giardino e metterà radici.

Il giovane andò fin sulla montagna, trovò tutti i segni propizi ed entrò. S'arrampicò sull'albero tra tutte le foglie che suonavano, e prese il ramo più alto. Accompagnato dal suo canto tornò a casa.

Quando fu piantato il ramo diventò l'albero più bello che ci fosse nel giardino, e lo riempiva tutto col suo suono.

Il Re che era piuttosto offeso perché per la seconda volta i fratelli avevano mancato all'invito, fu così contento d'ascoltare quel suono che li rinvitò tutti e tre per l'indomani.

Subito le zie mandarono la vecchia. — Sei contenta dei consigli che ti ho dato? L'Acqua che balla, l'Albero che suona! Ora ti manca solo l'Uccel Belverde e hai tutte le bellezze del mondo.

Vennero i ragazzi. — Fratellini, chi mi va a prendere l'Uccel Belverde?

— Io — disse il primo, e partì.

— Questo sì che è un guaio — gli disse l'eremita. — Tanti ci sono andati e tutti ci sono rimasti. Andare alla montagna sai, entrare nel palazzo sai, troverai un giardino pieno di statue di marmo. Sono nobili cavalieri che come te volevano prendere l'Uccel Belverde. Tra gli alberi del giardino volano centinaia d'uccelli. L'Uccel Belverde è quello che parla. Ti parlerà, ma bada, tu qualsiasi cosa dica, non devi mai rispondergli.

Il giovane arrivò nel giardino pieno di statue e di uccelli. L'Uccel Belverde si posò sulla sua spalla e gli disse: — Sei venuto, cavaliere? E credi di prendere me? Ti sbagli. Sono le tue zie che ti mandano a morte. E tua madre la tengono murata viva...

— Mia madre murata viva? — disse il giovane e come parlò subito diventò anche lui statua di marmo.

La sorella guardava l'anello ogni minuto. Quando vide che la pietra diventava azzurra, gridò: — Aiuto! Muore! — E l'altro fratello salì subito in sella, e partì.

Anch'egli arrivò nel giardino e l'Uccel Belverde gli disse: — Tua madre è murata viva.

— Eh? mia madre murata viva! — gridò lui e diventò di marmo.

La sorella guardava l'anello del secondo fratello e lo vide diventar nero. Non si perse d'animo, si vestì da cavaliere, prese una boccetta d'Acqua che balla, un ramo d'Albero che suona, sellò il migliore dei loro cavalli, e partì.

L'eremita le disse: — Apri l'occhio, che se quando l'Uccello parla gli rispondi, sei finita. Strappagli una penna delle ali, invece, bagnala nell'Acqua che balla e poi tocca tutte le statue...

Appena l'Uccel Belverde vide la ragazza vestita da cavaliere, le si posò su una spalla e disse: — Anche tu qui? Ora diventerai come i tuoi fratelli... Li vedi? Uno e due, e con te tre... Tuo padre in guerra... Tua madre murata viva... E le tue zie se la ridono...

Lei lo lasciò cantare e l'uccello si sgolava a ripeterle

le sue parole all'orecchio, e non fu lesto a volar via quando la ragazza l'afferrò, gli strappò una penna delle ali, la bagnò nella boccetta d'Acqua che balla, poi la passò sotto il naso dei fratelli impietriti, e i fratelli si mossero e l'abbracciarono. Poi fecero lo stesso con tutte le altre statue ed ebbero un seguito di nobili cavalieri, baroni, principi e figli di re. Fecero annusare la penna anche ai giganti e si svegliarono anche i giganti, e così fecero coi leoni. L'Uccel Belverde si posò sul ramo d'Albero che suona e si lasciò mettere in gabbia. E tutti insieme in un gran corteo lasciarono il palazzo sulla montagna, che per incanto sparì.

Quando dal palazzo reale videro il giardino con l'Acqua che balla, l'Albero che suona e l'Uccel Belverde, e i tre fratelli con tutti quei principi e baroni che facevano festa, le zie si sentirono venir meno, e il Re volle invitare tutti a pranzo.

Vennero e la sorellina portava l'Uccel Belverde su una spalla. Quando furono per sedersi a tavola, l'Uccel Belverde disse: — Manca una! — e tutti si fermarono.

Il Re cominciò a mettere in fila tutta la gente di casa, per vedere chi era quell'una che mancava, ma l'Uccel Belverde continuava a dire: — Manca una!

Non sapevano più chi far venire. A un tratto si ricordarono: — Maestà! Non sarà la Regina murata viva? — e il Re diede subito ordine di farla smurare, e i figli la abbracciarono e la bambina con la stella in fronte le fece fare il bagno in una tinozza d'Acqua che balla, e tornare sana come se nulla fosse stato.

Così ci si rimise a pranzo, con la Regina vestita da

Regina a capo della tavola, e le due sorelle invidiose gialle in viso che parevano avere l'itterizia.

Stavano per portare alla bocca il primo cucchiaio, quando l'Uccel Belverde disse: — Solo quello che becco io! — perché le due zie avevano messo del veleno nel mangiare. I convitati mangiarono solo le pietanze che l'Uccell Belverde beccava, e si salvarono.

— Adesso sentiamo l'Uccel Belverde cosa ci racconta — disse il Re.

L'Uccel Belverde saltò sulla tavola davanti al Re e disse: — Re, questi sono i tuoi figli. — I ragazzi si scopersero il capo e tutti videro che avevano i capelli d'oro, e la sorellina anche la stella d'oro in fronte. L'Uccel Belverde continuò a parlare e raccontò tutta la storia.

Il Re abbracciò i figli e chiese perdono alla moglie. Poi fece comparire innanzi a sé le due cognate e la vecchia e disse all'Uccel Belverde: — Uccello, ora che hai svelato tutto, dà la sentenza.

E l'uccello disse: — Alle cognate, una camicia di pece e un pastrano di fuoco, alla vecchia giù dalla finestra.

Così fu fatto. Re, Regina e figlioli vissero sempre felici e contenti.

(Firenze)

Pomo e Scorzo

Una volta c'era marito e moglie, gran signori. Avrebbero voluto un figliolo, e non ne avevano. Un giorno, quel signore era per via e incontra un Mago. — Signor Mago, mi insegni un po' — gli dice — come posso fare ad avere un figlio?

Il Mago gli dà una mela e dice: — La faccia mangiare a sua moglie e le nascerà un bel bambino.

Il marito torna a casa con la mela e la dà a sua moglie. — Mangia questa mela e avremo un bel bambino: me l'ha detto un Mago.

La moglie tutta contenta chiamò la fantesca e le disse che le sbucciasse la mela. La fantesca gliela sbucciò e si tenne le scorze: e poi se le mangiò.

Nacque un figlio alla padrona e lo stesso giorno nacque un figlio alla fantesca: quello della fantesca bianco e rosso come una buccia di mela, e quello della padrona bianco bianco come una polpa di mela. Il padrone li tenne tutti e due come suoi figli, li fece allevare insieme e andare a scuola.

Pomo e Scorzo, diventati grandi, si volevano bene come fratelli. Un giorno, andando a spasso, sentono dire della figlia d'un Mago, bella, bella come il sole: ma che nessuno l'aveva mai vista perché non usciva mai e non s'affacciava neanche alla finestra. Pomo e Scorzo, allora, si fecero fare un gran cavallo di bronzo con la pancia vuota e ci si nascosero dentro con una tromba e un violino. Il cavallo camminava da solo perché loro muovevano le ruote, e così andarono sotto al palazzo del Mago e si misero a suonare. Il Mago s'affaccia, vede quel cavallo di bronzo che suona da solo e lo fa entrare in casa perché sua figlia si diverta. La figlia si divertì molto, ma quando, rimasta sola col cavallo di bronzo, ne vide uscire fuori Pomo e Scorzo, fu tutta spaventata. — Non abbia paura — dissero Pomo e Scorzo — siamo venuti per vedere quant'è bella, e se lei vuole che ce n'andiamo subito, andiamo. Se invece la nostra musica le piace e vuole che restiamo un po' a suonare, poi rientreremo nel nostro cavallo e lo faremo uscire senza che nessuno s'accorga che ci siamo dentro.

Così restarono a suonare e a divertirsi, e alla fine la figlia del Mago non voleva più lasciarli andare. — Se vuole venire via con me — le disse Pomo — sarà la mia sposa.

La figlia del Mago rispose di sì; si nascosero tutti e tre nella pancia del cavallo, e via. Appena erano usciti, rincasa il Mago, chiama la figlia, la cerca, domanda

al guardaportone: niente. Allora comprese che c'era stato un tradimento, s'infuriò, s'invelenì, s'affacciò al balcone e lanciò contro sua figlia tre sentenze:

«Che abbia da trovare tre cavalli, uno bianco uno rosso uno nero, e lei che le piacciono i cavalli bianchi, abbia da saltare sul bianco e questo sia il cavallo che la tradirà.»

Se no:

«Che abbia da trovare tre cagnolini, uno bianco uno rosso uno nero, e lei che le piacciono i cagnolini neri, abbia a prendere in braccio il nero, e questo sia il cane che la tradirà.»

Se no:

«Che quella notte che andrà a dormire col suo sposo, un biscione abbia da entrare dalla finestra, e questo sia il biscione che la tradirà.»

Mentre il Mago lanciava queste tre sentenze dal balcone, per la via lì sotto passavano tre vecchie Fate, e sentirono tutto quanto.

La sera, le Fate, stanche dal lungo viaggio, si fermarono a un'osteria, e appena entrate una di loro disse: — Guarda dov'è la figlia del Mago! Se sapesse le tre sentenze che le ha mandato il padre, non dormirebbe così tranquilla!

Infatti, addormentati su una panca dell'osteria c'erano Pomo, Scorzo e la figlia del Mago. A dire la verità, Scorzo non era proprio addormentato, sia perché non riusciva a prendere sonno, sia perché sapeva che è sempre meglio dormire con un occhio solo. E sentiva tutto.

Così sentì una Fata dire: — Il Mago le ha augurato

che abbia da incontrare tre cavalli, uno bianco uno rosso e uno nero, e lei abbia da saltare in groppa al bianco, che sarà quello che la tradirà.

— Però — aggiunse l'altra Fata — se ci fosse qualcuno accorto, taglierebbe subito la testa al cavallo, e non succederebbe niente.

E la terza Fata aggiunse: — E se qualcuno lo racconterà, pietra di marmo diventerà.

— Poi il Mago le ha augurato — disse la prima Fata — che abbia da trovare tre cagnolini, e lei vorrà prenderne uno in braccio e questo sarà quello che la dovrà tradire.

— Ma — disse la seconda Fata — se ci fosse qualcuno accorto, taglierebbe subito la testa al cagnolino, e non succederebbe niente.

— E se qualcuno lo racconterà, pietra di marmo diventerà — disse la terza.

— Poi le ha augurato che la prima notte che dormirà col suo sposo, dalla finestra entrerà un biscione, e questo sarà il biscione che la tradirà.

— Ma se ci fosse qualcuno accorto, taglierebbe la testa del biscione, e non succederebbe niente — disse la seconda Fata.

— E se qualcuno lo racconterà, pietra di marmo diventerà.

Scorzo si trovò così con quei tre terribili segreti, che non poteva dire, se non voleva diventare di marmo.

L'indomani ripartirono e arrivarono a una stazione di posta, dove il padre di Pomo aveva fatto mandare loro incontro tre cavalli: uno bianco, uno rosso e uno nero. La figlia del Mago saltò subito in sella al bianco, ma Scorzo sguainò pronto la spada e tagliò la testa al cavallo.

— Che fai? Sei pazzo?

— Perdonatemi, non ve lo posso dire.

— Pomo, questo Scorzo è un giovane di cuore cattivo! — disse la figlia del Mago. — Non voglio continuare più il viaggio con lui.

Ma Scorzo le disse d'aver tagliato la testa al cavallo in un momento in cui aveva perso la ragione, e le chiese perdono, e lei finì per perdonarlo.

Arrivano a casa dei genitori di Pomo e le corrono incontro tre cagnolini: uno bianco, uno rosso e uno nero. Lei fa per prendere in braccio quello nero, ma Scorzo trae la spada e gli taglia la testa.

— Che vada subito via da noi, quest'uomo matto e crudele! — grida la sposa.

In quella arrivano i genitori di Pomo e fecero tante feste al figlio e alla sposa, e saputo della lite con Scorzo, tanto dissero che la persuadettero a perdonargli ancora. Ma a pranzo, nell'allegria generale, solo Scorzo se ne stava pensieroso in disparte e nessuno riusciva a fargli dire quale pensiero l'opprimesse. — Non ho niente, non ho niente — diceva, però si ritirò prima degli altri, dicendo d'aver sonno. Ma invece d'andare in camera sua, entrò nella camera degli sposi e si nascose sotto il letto.

Gli sposi vanno a letto e s'addormentano. Scorzo veglia, sente rompere i vetri e vede entrare in camera un biscione enorme, allora salta fuori, snuda la spada e gli taglia la testa. La sposa a quel fracasso si sveglia, vede Scorzo davanti al loro letto con la spada sguainata, non vede il biscione che è già sparito, e grida: — All'assassino! All'assassino! Scorzo ci vuole ammazzare! Già due volte l'ho perdonato, che questa volta la paghi con la morte.

Scorzo vien preso, imprigionato, e dopo tre giorni lo vestono per l'impiccagione. Morto per morto, domanda la grazia di poter dire tre parole alla sposa di Pomo prima di morire. La sposa va a trovarlo in prigione.

— Si ricorda — dice Scorzo — quando ci siamo fermati a un'osteria?

— Sì che mi ricordo.

— Ebbene, mentre lei e il suo sposo dormivano, sono entrate tre Fate e hanno detto che il Mago aveva dato tre maledizioni a sua figlia: di trovare tre cavalli e salire sul cavallo bianco, e che il cavallo bianco l'avrebbe tradita. Ma, hanno detto, se ci fosse stato uno pronto a tagliare la testa al cavallo, non sarebbe successo niente; e che chi lo racconterà, pietra di marmo diventerà.

Dicendo queste parole, al povero Scorzo erano venuti i piedi e le gambe di marmo.

La giovane capì. — Basta, basta per carità — gridò. — Non raccontarmi altro!

E lui: — Morto per morto, voglio che si sappia. Le tre Fate hanno anche detto che la figlia del Mago avrebbe trovato tre cagnolini…

Le disse la maledizione dei cagnolini, e diventò di pietra fino al collo.

— Ho capito! Povero Scorzo, perdonami! Non raccontare più! — diceva la sposa.

Ma lui con un fil di voce perché aveva già la gola di marmo, e balbettando perché gli diventavano di mar-

mo le mascelle, le disse della maledizione del biscione.
— Ma... chi lo racconterà... di marmo diventerà... —
E tacque, di marmo dalla testa ai piedi.

— Cos'ho mai fatto! — si disperava la sposa. —
Quest'anima fedele è condannata... A meno che... Certo, chi può salvarlo è solo mio padre — e presa carta penna e calamaio, scrisse una lettera a suo padre, chiedendogli perdono e scongiurandolo di venire a trovarla.

Il Mago, che non vedeva che per gli occhi della figlia, arriva coi cavalli al galoppo. — Papà mio — gli dice la figlia abbracciandolo — ti domando una grazia! Guarda questo povero giovane di marmo! Per salvarmi la vita dalle tre maledizioni è diventato di marmo dalla testa ai piedi.

E il Mago, sospirando: — Per l'amore che ho per te — disse — farò anche questo. — Trasse di tasca una boccetta di balsamo, diede una spennellata a Scorzo e Scorzo saltò su di carne ed ossa come prima.

Così invece d'accompagnarlo alla forca, l'accompagnarono a casa in trionfo, con musiche e canti, in mezzo a tutto un gran popolo che gridava: viva Scorzo! viva Scorzo!

(Venezia)

Il Principe canarino

C'era un Re e aveva una figlia. La madre di questa figlia era morta e la matrigna era gelosa della figlia e parlava sempre male di lei al Re. La ragazza, a scolparsi, a disperarsi; ma la matrigna tanto disse e tanto fece che il Re, sebbene affezionato a sua figlia, finì per darla vinta alla Regina: e le disse di condurla pure via fuori di casa. Però doveva metterla in un posto dove stesse bene, perché non avrebbe mai permesso che fosse maltrattata. — Quanto a questo — disse la matrigna — sta' tranquillo, non ci pensare — e fece chiudere la ragazza in un castello in mezzo al bosco. Prese una squadra di dame di Corte, e gliele mise lì per compagnia, con la consegna che non la lasciassero uscire e neanche affacciarsi alle finestre. Naturalmente le pagava con stipendi da Casa reale. Alla ragazza fu assegnata una stanza ben messa, e da mangiare e da bere tutto quello che voleva: solo che non poteva uscire. Le dame invece, ben pagate com'erano, con tanto tempo libero, se ne stavano per conto loro e non le badavano neppure.

Il Re ogni tanto chiedeva alla moglie: — E nostra figlia, come sta? Che fa di bello? — e la Regina, per far vedere che se ne interessava, andò a farle visita. Al castello, appena scese di carrozza, le dame le corsero tutte incontro, a dirle che stesse tranquilla, che la ragazza stava tanto bene ed era tanto felice. La Regina salì un momento in camera della ragazza. — E così, stai bene, sì? Non ti manca niente, no? Hai buona cera, vedo, l'aria è buona. Stai allegra, neh! Tanti saluti! — e se ne andò. Al Re disse che non aveva mai visto sua figlia tanto contenta.

Invece la Principessa, sempre sola in quella stanza, con le dame di compagnia che non la guardavano neanche, passava le giornate tristemente affacciata alla finestra. Stava affacciata coi gomiti puntati al davanzale e le sarebbe venuto un callo ai gomiti, se non avesse pensato di metterci sotto un cuscino. La finestra dava sul bosco e la Principessa per tutto il giorno non vedeva altro che le cime degli alberi, le nuvole e giù il sentiero dei cacciatori. Su quel sentiero passò un giorno il figlio d'un Re. Inseguiva un cinghiale e passando vicino a quel castello che sapeva da chissà quanti anni disabitato, si stupì vedendo segni di vita: panni stesi tra i merli, fumo dai camini, vetri aperti. Stava così guardando, quando scorse a una finestra lassù, una bella ragazza affacciata, e le sorrise. Anche la ragazza vide il Principe, vestito di giallo e con le uose da cacciatore e la spingarda, che guardava in su e le sorrideva, e anche lei gli sorrise. Così restarono un'ora a guardarsi e a sorridersi, e anche a farsi inchini e riverenze, perché la distanza che li separava non permetteva altre comunicazioni.

L'indomani quel figlio di Re vestito di giallo, con la scusa d'andare a caccia, era di nuovo lì, e stettero a guardarsi per due ore; e questa volta oltre a sorrisi, inchini e riverenze, si misero anche una mano sul cuore e poi sventolarono a lungo i fazzoletti. Il terzo giorno il Principe si fermò tre ore e si mandarono anche un bacio sulla punta delle dita. Il quarto giorno era lì come sempre, quando da dietro a un albero fece capolino una Masca e si mise a sghignazzare: — Uah! Uah! Uah!

— Chi sei? Cos'hai da ridere? — disse vivamente il Principe.

— Ho che non s'è mai visto due innamorati così stupidi da starsene tanto lontani!

— Sapessi come fare a raggiungerla, nonnina! — disse il Principe.

— Mi siete simpatici — disse la Masca — e vi aiuterò.

E bussato alla porta del castello diede alle dame di compagnia un vecchio librone incartapecorito e bisunto, dicendo che era un suo regalo per la Principessa perché passasse il tempo leggendo. Le dame lo portarono alla ragazza che subito lo aprì e lesse: «Questo è un libro magico. Se volti le pagine nel senso giusto l'uomo diventa uccello e se volti le pagine all'incontrario l'uccello ridiventa uomo.»

La ragazza corse alla finestra, posò il libro sul davanzale e cominciò a voltar le pagine in fretta in fretta e intanto guardava il giovane vestito di giallo, in piedi in mezzo al sentiero, ed ecco che da giovane vestito di giallo che era, muoveva le braccia, frullava le ali, ed era diventato un canarino; il canarino spiccava il volo ed ecco era già più in alto delle cime degli alberi, ecco che veniva verso di lei, e si posava sul cuscino del davanzale. La Principessa non resistette alla tentazione di prendere quel bel canarino nel palmo della mano e di baciarlo, poi si ricordò che era un giovane e si vergognò, poi se ne ricordò ancora e non si vergognò più, ma non vedeva l'ora di farlo tornare un giovane come prima. Riprese il libro, lo sfogliò facendo scorrere le pagine all'incontrario, ed ecco il canarino arruffava le piume gialle, frullava le ali, muoveva le braccia ed era di nuovo il giovane vestito di giallo con le uose da cacciatore che le si inginocchiava ai piedi, dicendole: — Io ti amo!

Quando s'ebbero detto tutto il loro amore, era già sera. La Principessa lentamente cominciò a girare le pagine del libro. Il giovane guardandola negli occhi ridiventò canarino, si posò sul davanzale, poi sulla gronda, poi s'affidò al vento e volò giù a grandi giri, andandosi a posare su un basso ramo d'albero. Allora ella voltò le pagine all'incontrario, il canarino tornò Principe, il Principe saltò a terra, fischiò ai cani, lanciò un bacio verso la finestra, e s'allontanò per il sentiero.

Così ogni giorno il libro veniva sfogliato per far volare il Principe alla finestra in cima alla torre, risfoglia-

to per rendergli forma umana, poi sfogliato ancora per farlo volar via, e risfogliato perché tornasse a casa. I due giovani non erano mai stati così felici.

Un giorno, la Regina venne a trovare la figliastra. Fece un giro per la stanza, sempre dicendo: — Stai bene, sì? Ti vedo un po' magrolina, ma non è niente, è vero? Non sei stata mai così bene, no? — E intanto s'assicurava che tutto fosse al suo posto: aperse la finestra, guardò fuori, e giù nel sentiero vide il Principe vestito di giallo che s'avvicinava coi suoi cani. "Se questa smorfiosa crede di fare la civetta alla finestra, le darò una lezione" pensò. Le chiese d'andare a preparare un bicchiere d'acqua e zucchero; poi in fretta si tolse cinque o sei spilloni dai capelli che aveva in testa e li piantò nel cuscino, in modo che restassero con la punta in su, ma non si vedessero spuntare. "Così imparerà a starsene affacciata al davanzale!" La ragazza tornò con l'acqua e zucchero, e lei disse: — Uh, non ho più sete, bevitela tu, eh piccina! Io devo tornare da tuo padre. Hai bisogno di niente, no? Addio, allora — e se ne andò.

Appena la carrozza della Regina si fu allontanata, la ragazza girò in fretta le pagine del libro, il Principe si trasformò in canarino, volò alla finestra e piombò come una freccia sul cuscino. Subito si levò un altissimo pigolìo di dolore. Le piume gialle s'erano tinte di sangue, il canarino s'era conficcato gli spilloni nel petto. Si sollevò con un disperato annaspare d'ali, si affidò al vento, calò giù a incerti giri e si posò sul suolo ad ali aperte. La Principessa spaventata, senza ancora rendersi ben conto di cos'era successo, girò velocemente i fogli all'incontrario sperando che a ridargli forma umana gli sarebbero scomparse le trafitture, ma, ahimè, il Principe riapparve grondante sangue da profonde ferite che gli squarciavano sul petto il vestito giallo, e così giaceva riverso attorniato dai suoi cani.

All'ululare dei cani sopraggiunsero gli altri cacciatori, lo soccorsero e lo portarono via su una lettiga di rami, senza nemmeno alzare gli occhi alla finestra della sua innamorata ancora atterrita di dolore e di spavento.

Portato alla sua reggia, il Principe non accennava a guarire, e i dottori non sapevano portargli alcun sollievo. Le ferite non si chiudevano e continuavano a dolergli. Il Re suo padre mise bandi a tutti gli angoli delle strade, promettendo tesori a chi sapesse il modo di guarirlo; ma non si trovava nessuno.

La Principessa intanto si struggeva di non poter raggiungere l'innamorato. Si mise a tagliare le lenzuola a strisce sottili e ad annodarle insieme in modo da farne una fune lunga lunga, e con questa fune una notte calò giù dall'altissima torre. Prese a camminare per il sentiero dei cacciatori. Ma tra il buio fitto e gli urli dei lupi, pensò che era meglio aspettare il mattino e trovata una vecchia quercia dal tronco cavo entrò e s'accoccolò là dentro, addormentandosi subito, stanca morta com'era. Si svegliò mentre era ancora notte fonda: le pareva d'aver sentito un fischio. Tese l'orecchio e sentì un altro fischio, poi un terzo e un quarto. E vide quattro fiammelle di candela che s'avvicinavano. Erano quattro Masche, che venivano dalle quattro parti del mondo e s'erano date convegno sotto quell'albero. Da una spaccatura del tronco la Principessa, non vista, spiava le quattro vecchie con le candele in mano, che si facevano grandi feste e sghignazzavano: — Uah! Uah! Uah!

Accesero un falò ai piedi dell'albero e si sedettero a scaldarsi e a far arrostire un paio di pipistrelli per cena. Quand'ebbero ben mangiato, cominciarono a domandarsi cosa avevano visto di bello nel mondo.

— Io ho visto il Sultano dei Turchi che s'è comprato venti mogli nuove.

— Io ho visto l'Imperatore dei Cinesi che s'è fatto crescere il codino di tre metri.

— Io ho visto il Re dei Cannibali che s'è mangiato per sbaglio il Ciambellano.

— Io ho visto il Re qui vicino che ha il figlio ammalato e nessuno sa il rimedio perché lo so solo io.

— E qual è? — chiesero le altre Masche.

— Nella sua stanza c'è una piastrella che balla, basta alzare la piastrella e si trova un'ampolla, nell'ampolla c'è un unguento che gli farebbe sparire tutte le ferite.

La Principessa da dentro all'albero stava per lanciare un grido di gioia: dovette mordersi un dito per tacere. Le Masche ormai s'eran dette tutto quel che avevano da dirsi e presero ognuna per la sua strada. La Principessa saltò fuori dall'albero, e alla luce dell'alba si mise in marcia verso la città. Alla prima bottega di rigattiere comprò una vecchia roba da dottore, e un paio d'occhiali, e andò a bussare al palazzo reale.

I domestici, vedendo quel dottorino male in arnese

non volevano lasciarlo entrare, ma il Re disse: — Tanto, male al mio povero figliolo non gliene può fare, perché peggio di come sta è impossibile. Fate provare anche a questo qui.

Il finto medico chiese d'essere lasciato solo col malato e gli fu concesso.

Quando fu al capezzale dell'innamorato che gemeva privo di conoscenza nel suo letto, la Principessa voleva scoppiare in lagrime e coprirlo di baci, ma si trattenne, perché doveva in fretta seguire le prescrizioni della Masca. Si mise a camminare in lungo e in largo nella stanza finché non trovò una piastrella che ballava. La sollevò, e trovò un'ampollina piena d'unguento. Con questo unguento si mise a fregare le ferite del Principe, e bastava metterci sopra la mano unta d'unguento e la ferita spariva. Piena di contentezza, chiamò il Re, e il Re vide il figlio senza più ferite, col viso tornato colorito, che dormiva tranquillo.

— Chiedetemi quel che volete, dottore — disse il Re — tutte le ricchezze del tesoro dello Stato sono per voi.

— Non voglio danari — disse il dottore — datemi solo lo scudo del Principe con lo stemma della famiglia, la bandiera del Principe e il suo giubbetto giallo, quello trafitto e insanguinato. — E avuti questi tre oggetti se ne andò.

Dopo tre giorni, il figlio del Re era di nuovo a caccia. Passò sotto il castello in mezzo al bosco ma non levò neppure gli occhi alla finestra della Principessa. Lei prese subito il libro, lo sfogliò, e il Principe, sebbene tutto contrariato, fu obbligato a trasformarsi in canarino. Volò nella stanza e la Principessa lo fece ritrasformare in uomo. — Lasciami andare — disse lui — non ti basta avermi fatto trafiggere dai tuoi spilloni e avermi causato tante sofferenze? — Infatti il Principe aveva perso ogni amore per la ragazza, pensando che lei fosse la causa della sua disgrazia.

La ragazza era lì lì per svenire. — Ma io t'ho salvato! Sono io che t'ho guarito!

— Non è vero — disse il Principe. — Chi m'ha salvato è un medico forestiero, che non ha voluto altra ricompensa che il mio stemma, la mia bandiera e il mio giubbetto insanguinato!

— Ecco il tuo stemma, ecco la tua bandiera, ed ecco il tuo giubbetto! Ero io quel medico! Gli spilli erano una crudeltà della mia matrigna!

Il Principe la guardò un momento negli occhi stupefatto. Mai gli era parsa così bella. Cadde ai suoi piedi chiedendole perdono, e dicendole tutta la sua gratitudine e il suo amore.

La sera stessa disse a suo padre che voleva sposare la ragazza del castello nel bosco. — Tu devi sposar solo la figlia d'un Re o d'un Imperatore — disse il padre.

— Sposo la donna che m'ha salvato la vita.

E si prepararono le nozze, con l'invito per tutti i Re e le Regine dei dintorni. Venne anche il Re padre della Principessa, senza saper nulla. Quando vide venir avanti la sposa: — Figlia mia! — esclamò.

— Come? — disse il Re padron di casa. — La sposa di mio figlio è vostra figlia? E perché non ce l'ha detto?

— Perché — disse la sposa — non mi considero più figlia d'un uomo che m'ha lasciato imprigionare dalla mia matrigna — e puntò l'indice contro la Regina.

Il padre, a sentire tutte le disgrazie della figlia, fu preso dalla commozione per lei e dallo sdegno per la sua perfida moglie. E non aspettò nemmeno d'essere tornato a casa per farla arrestare. Così le nozze furono celebrate con soddisfazione e letizia di tutti, tranne che di quella sciagurata.

(Torino)

FIABE IN CUI VINCE
IL PIÙ FURBO

GIUANNI BENFORTE
CHE A CINQUECENTO DIEDE LA MORTE

C'era una volta a Roma un tagliamacchie che si chiamava Giuanni. Un giorno mentre tagliava un ramo di quercia, il ramo gli cascò addosso, gli ruppe uno stinco e lo mandò per tre mesi all'ospedale. Quando non ne poté più di stare all'ospedale, scappò e venne in Marca. Un giorno stava seduto e si sfasciò la gamba che aveva la piaga; e sulla piaga si posavano le mosche. Lui a tutte le mosche che gli si posavano dava una manata e le stendeva morte. Quando non ne vennero più le contò in terra: erano cinquecento. Fece un cartello e se l'attaccò al collo: *Giuanni Benforte che a cinquecento diede la morte*. Andò in città e prese alloggio a una locanda.

L'indomani lo mandò a chiamare il Governatore. — Visto che sei così forte — gli disse — va' a prendere il Gigante che sta qui nei dintorni e rapina tutte le persone.

Giuanni andò nella macchia, e camminò finché non trovò un pastore. — Dove sta la grotta del Gigante? — gli chiese.

— Che ci vai a fare? Ti mangia in un boccone — disse il pastore.

E Giuanni: — Dammi tre o quattro ricotte, che te le pago. — E se ne andò con una pila di ricotte in braccio.

Quando fu sopra la grotta del Gigante si mise a pestare i piedi forte per far rumore. Uscì il Gigante. — Chi vive?

Giuanni prese in mano una ricotta e disse: — Sta' zitto, o ti stritolo come questa selce — e stringeva la ricotta che i pezzi gli cascavano di qua e di là dalle mani.

Allora il Gigante gli chiese se voleva mettersi con lui. Giuanni gli disse di sì, buttò via le altre ricotte e raggiunse il Gigante.

La mattina dopo, il Gigante, non avendoci più legna, prese una corda lunga lunga e andò nella macchia con Giuanni. Sradicò una quercia con una mano, ne sradicò un'altra con l'altra mano e disse a Giuanni: — Dài, prendi qualche quercia anche tu.

Disse Giuanni: — Di' un po', Gigante, non l'avresti una corda un po' più lunga? Vorrei girarla intorno a tutta la macchia e tirarla via tutta insieme, in modo da non aver più da tornare per legna un'altra volta.

Il Gigante gli rispose: — Lascia andare: non mi vorrai far perdere la razza della legna? Basta quella che ho preso io, dammi retta, non combinar disastri. — Si caricò le querce sradicate e Giuanni non ebbe da portar niente.

Un giorno il Gigante volle fare una scommessa alla

trottola: chi arrivava più lontano con un tiro vinceva cento scudi. Per spago prese un canapo da mulino e per trottola una macina. Tirò e fece quasi un miglio. Andò a riprendere la trottola, fece un segno dov'era arrivato, e disse a Giuanni: — Tocca a te.

Giuanni si guardava bene dal toccare la macina, che non l'avrebbe potuta spostare d'un dito; ma si mise a urlare: — Oooh! Oooh! Badate! Oooh! Badate tutti!

Il Gigante aguzzò gli occhi: — E a chi gridi? Chi c'è laggiù? Io non vedo nessuno.

— Dico a quelli di là dal mare!

— Be', lascia andare, se no qui la trottola non la troviamo più — e gli diede i cento scudi senza farlo tirare.

Giuanni allora gli propose una scommessa lui: — Tu che sei tanto bravo, facciamo a chi va più dentro con una ditata in una quercia?

E il Gigante: — Facciamoci altri cento scudi!

Giuanni, prima, con un trivello ed un coltello, aveva fatto un buco in una quercia e poi ci aveva riappiccicato la scorza, che non si vedeva niente. Andarono, e il Gigante diede una ditata che penetrò nel tronco mezzo dito; Giuanni mirò nel buco che aveva fatto, e ci ficcò più di mezzo braccio.

Il Gigante gli diede i cento scudi, ma non si fidava più a tener con sé un uomo tanto forte. E lo mandò via. Aspettò che Giuanni stesse scendendo giù pel monte, e gli rotolò dietro una valanga di macigni. Ma Giuanni, che non si fidava, s'era nascosto in una caverna; e quando sentì cascare questi scogli si mise a gridare: — E che casca giù dal cielo, i calcinacci?

Il Gigante si disse: "Accidenti! Gli ho buttato giù i

macigni e dice che sono calcinacci. Questo è meglio averlo amico che nemico!" e lo richiamò nella sua grotta. Ma pensava ancora al modo di disfarsi di lui. Una notte, mentre Giuanni dormiva, s'avvicinò pian piano e gli diede una mazzata in testa. Bisogna però sapere che Giuanni sul guanciale ogni notte ci metteva una zucca, e lui dormiva con la testa al posto dei piedi. Appena il Gigante ebbe sfracellato la zucca, sentì la voce di Giuanni: — Che tu m'abbia rotto la testa non m'importa; ma che tu m'abbia rotto il sonno, questa me la pagherai!

Il Gigante aveva sempre più paura. Pensò: "Lo porto là in quel bosco, lo lascio solo e i lupi se lo sbraneranno." Disse a Giuanni: — Vieni, andiamo a fare quattro passi.

— Sì — disse Giuanni.

— Vuoi che facciamo una corsa tra noi due? — chiese il Gigante.

— Facciamola — disse Giuanni — basta che mi dai un po' di vantaggio, perché hai le gambe più lunghe.

— Giusto! Ti do dieci minuti.

Giuanni prese la corsa, e andò finché trovò un pastore con le pecore. — Me ne vendi una? — gli chiese; la comprò, tirò fuori il coltello, la sventrò, e buttò in mezzo alla strada le budella, il fegato e tutte le interiora. — Se un Gigante ti domanda di me — disse al pastore — digli che per far più presto a correre mi sono tolto le budella, e dopo andavo come il vento, e mostragli le budella qui per terra.

Dopo dieci minuti, ecco il Gigante a gran galoppo. — Hai visto un uomo che correva? — fa al pastore.

Il pastore gli spiegò delle budella e gliele mostrò. Il Gigante disse: — Dammi un coltello che faccio anch'io così — e si aprì la pancia da cima a fondo, cadde a terra e crepò. Giuanni che s'era arrampicato su un albero saltò giù, prese due bufale e fece trasportare il Gigante in città, dove il Governatore lo fece bruciare in mezzo alla piazza. E a Giuanni dette da mangiare per tutta la vita.

(Marche)

IL GOBBO TABAGNINO

Il gobbo Tabagnino era un povero ciabattino che non sapeva come fare a tirare avanti, perché nessuno gli dava mai neanche da rattoppare una scarpa. Si mise a girare il mondo in cerca di fortuna.

Quando fu sera e non sapeva dove andare a dormire, vide un lumino in lontananza, e tenendo dietro al lumino, arrivò a una casa e bussò. Aperse una donna e lui domandò alloggio.

— Ma questa — disse la donna — è la casa dell'Uomo Selvatico, che mangia tutti quelli che trova. Se vi faccio entrare, mio marito mangerà anche voi.

Il gobbo Tabagnino la pregò e la supplicò, e la donna si mosse a compassione e gli disse: — Entrate pure, e se vi accontentate, vi seppellirò sotto la cenere.

Così fece, e quando arrivò l'Uomo Selvatico e cominciò a girare per la casa tirando su dal naso e dicendo:

Ucci ucci
Qui c'è puzza di cristianucci
O ce n'è o ce n'è stati
O ce n'è di rimpiattati,

sua moglie gli disse: — Vieni a mangiare, cosa vai a pensare ora? — E gli servì una gran caldaia di maccheroni.

Si misero a mangiare maccheroni marito e moglie, e l'Uomo Selvatico fece una tale scorpacciata che a un certo punto disse: — Basta, io sono pieno e non ne mangio più. Questi che sono avanzati, se c'è qualcuno in casa, dalli a lui.

— C'è un povero omino che mi ha domandato alloggio per stanotte — disse la moglie. — Se mi prometti di non mangiarlo, lo faccio uscire.

— Fallo uscire pure. — E la donna tirò fuori dalla cenere il gobbo Tabagnino e lo fece sedere a tavola. Davanti all'Uomo Selvatico, il povero gobbino tutto coperto di cenere tremava come una foglia, ma si fece coraggio e mangiò i maccheroni.

— Per stasera non ho più fame — disse l'Uomo Selvatico al gobbo — ma domattina, v'avverto, se non farete presto a scappare, vi mangerò in un boccone.

Così attaccarono a discorrere da buoni amici, e il gobbo, che era furbo come il diavolo, cominciò a dirgli: — Che bella coperta che avete sul letto!

E l'Uomo Selvatico: — È tutta ricamata d'oro e d'argento, e con la frangia tutta d'oro.

— E quel comò?

— Ci sono dentro due sacchi di quattrini.

— E quella bacchetta dietro il letto?

— È per far venire il bel tempo.

— E questa voce che si sente?

— È un pappagallo che tengo nel pollaio, e che discorre come noialtri.

— Ne avete di belle cose!

— Eh, non sono mica tutte qui! Nella stalla ho una cavalla di una bellezza mai vista, che corre come il vento.

Dopo cena, la moglie riportò Tabagnino nel suo buco sotto la cenere, e poi andò a dormire col marito. Appena fu giorno, la donna andò a chiamare Tabagnino. — Su, presto, scappate, prima che s'alzi mio marito! — Il gobbo ringraziò la donna e andò via.

Girò e girò finché arrivò al palazzo del Re di Portogallo e chiese ospitalità. Il Re lo volle vedere e gli fece raccontare la sua storia. A sentire tutte le belle cose che aveva in casa l'Uomo Selvatico, il Re fu preso da una gran voglia, e disse a Tabagnino: — Sentimi bene, tu potrai restare qui nel palazzo e fare tutto quello che ti piacerà, ma io voglio una cosa da te.

— Dica pure, Maestà.

— Hai detto che l'Uomo Selvatico ha una bella coperta ricamata d'oro e d'argento e con la frangia tutta d'oro. Ebbene devi andare a prenderla e portarmela, se no ne andrà della tua testa.

— Ma come vuole che faccia? — disse il gobbo. — L'Uomo Selvatico mangia tutti. È lo stesso che dire che mi manda alla morte.

— Questo non m'interessa. Pensaci tu e arrangiati.

Il povero gobbo ci pensò su e quand'ebbe ben pensato, andò dal Re e gli disse: — Sacra Corona, mi dia un cartoccio pieno di calabroni vivi, che siano digiuni da sette od otto giorni, e io le porterò la coperta.

Il Re mandò l'esercito ad acchiappare i calabroni e li diede a Tabagnino. — Eccoti questa bacchetta — gli disse. — È fatata e ti potrà venire buona. Quando avrai da passare dell'acqua, battila per terra e non aver paura. Anzi, intanto che tu vai là, io andrò ad aspettare in quel palazzo di là dal mare.

Il gobbo andò alla casa dell'Uomo Selvatico, stette a origliare, e capì che erano a cena. S'arrampicò alla finestra della camera da letto, entrò e si nascose sotto il letto. Quando l'Uomo Selvatico e sua moglie andarono a letto e s'addormentarono, il gobbo cacciò il cartoccio pieno di calabroni sotto le coperte e le lenzuola, e l'aperse. I calabroni, sentendo quel bel calduccio, vennero fuori e si misero a ronzare e a punzecchiare.

L'Uomo Selvatico cominciò ad agitarsi, buttò giù la coperta e il gobbo l'arrotolò sotto il letto. I calabroni s'arrabbiarono e si misero a pungere a tutt'andare; l'Uomo Selvatico e sua moglie scapparono gridando; e Tabagnino quando fu solo scappò anche lui, con la coperta sotto il braccio.

Dopo un po', l'Uomo Selvatico s'affacciò alla finestra e chiese al pappagallo che era nel pollaio: — Pappagallo, che ora è?

E il pappagallo: — È l'ora che il gobbo Tabagnino porta via la tua bella coperta!

L'Uomo Selvatico corse nella stanza e vide che la coperta non c'era più. Allora prese la cavalla, e via al galoppo, finché non avvistò il gobbo di lontano. Ma Tabagnino era già arrivato alla riva del mare, batteva per terra la bacchetta che gli aveva dato il Re, l'acqua s'apriva e lo faceva passare; e appena fu passato si tornò a richiudere. L'Uomo Selvatico, fermo sulla riva, si mise a gridare:

O Tabagnino di tredici mesi,
Quand'è che torni in questi paesi?
Ti voglio mangiare un dì di quest'anno,
E se non ti mangerò, sarà mio danno.

Al vedere la coperta, il Re cominciò a saltare dall'allegria. Ringraziò il gobbo, ma poi gli disse: — Tabagnino, come sei stato bravo di portargli via la coperta, sarai buono a portargli via anche la bacchetta che fa venire il bel tempo.

— Ma come volete che faccia, Sacra Corona?

— Pensaci bene, se no la pagherai con la testa.

Il gobbo ci pensò, poi chiese al Re un sacchetto di noci.

Arrivò alla casa dell'Uomo Selvatico, stette ad ascoltare, e sentì che andavano a letto. S'arrampicò in cima al tetto, e cominciò a buttare manciate di noci sulle tegole. L'Uomo Selvatico, a questo picchiettio sulle tegole, si svegliò e disse alla moglie: — Senti che grandinata! Va' subito a mettere sul tetto la bacchetta, se no la grandine mi rovina il frumento.

La donna s'alzò, aperse la finestra, e mise la bacchetta sul tetto dove c'era Tabagnino pronto a prenderla e a scappar via.

Di lì a poco, l'Uomo Selvatico si alzò, contento che avesse smesso di grandinare, e andò alla finestra.

— Pappagallo, che ora è?

E il pappagallo: — È l'ora che il gobbo Tabagnino ti porta via la bacchetta del bel tempo.

L'Uomo Selvatico prese la cavalla e via al galoppo dietro al gobbo. Lo stava già per raggiungere sulla spiaggia, ma Tabagnino batté la bacchetta, il mare s'aperse, lo fece passare e si rinchiuse. L'Uomo Selvatico gridò:

O Tabagnino di tredici mesi,
Quand'è che torni in questi paesi?
Ti voglio mangiare un dì di quest'anno,
E se non ti mangerò, sarà mio danno.

Al vedere la bacchetta, il Re non stava più nella pelle dall'allegria. Ma disse: — Adesso devi andarmi a prendere le due borse di quattrini.

Il gobbo ci pensò su; poi si fece preparare degli arnesi da taglialegna, si cambiò d'abiti, si mise una barba finta e andò dall'Uomo Selvatico, con un'accetta, dei cunei, e una mazza. L'Uomo Selvatico non aveva mai visto Tabagnino di giorno, e poi lui, dopo un po' di tempo di buoni pasti al palazzo del Re, era anche un po' meno gobbo; quindi non lo riconobbe.

Si salutarono. — Dove andate?

— Per legna!

— Oh, qui nel bosco di legna ce n'è quanta ne volete!

Allora Tabagnino prese i suoi arnesi e si mise a lavorare attorno a una quercia grossissima. Ci piantò un cuneo, poi un altro, poi un altro ancora e prese a dargli colpi di mazza. Poi cominciò a impazientirsi, facendo finta che gli si fosse incastrato un cuneo. — Non v'arrabbiate, disse l'Uomo Selvatico — ora vi do una mano. — E ficcò le mani nella apertura del tronco per vedere se tenendola larga si poteva spostare quel cuneo. Allora Tabagnino, con un colpo di mazza fece saltare via tutti i cunei e lo spacco del tronco si richiuse sulle mani dell'Uomo Selvatico. — Per carità, aiutatemi! — cominciò a urlare. Correte a casa mia, fatevi dare da mia moglie quei due grossi cunei che abbiamo, e liberatemi.

Tabagnino corse in casa dalla donna, e le disse: — Presto, vostro marito vuole che mi diate quei due sacchi di quattrini che sono nel comò.

— Come faccio a darveli? — disse la donna. — Abbiamo da comprare la roba! Fosse uno, ma tutti e due!

Allora Tabagnino aprì la finestra e gridò: — Me ne deve dare uno o tutti e due?

— Tutti e due! Presto! — urlò l'Uomo Selvatico.

— Avete sentito? È anche arrabbiato — disse Tabagnino. Prese i sacchi e scappò via.

L'Uomo Selvatico dopo molti sforzi riuscì a cavar fuori le mani dal tronco, lasciandoci un bel po' di pelle e tornò a casa gemendo. E la moglie: — Ma perché m'hai fatto dare via i due sacchi di quattrini?

Il marito avrebbe voluto sprofondare. Andò dal pappagallo e: — Che ora è?

— L'ora che il gobbo Tabagnino vi sta portando via i due sacchi di quattrini!

Ma stavolta l'Uomo Selvatico era troppo pieno di dolori per corrergli dietro e si contentò di mandargli una maledizione.

Il Re volle che Tabagnino andasse a portar via anche la cavalla che correva come il vento. — Come faccio? La stalla è chiusa a chiave e la cavalla ha tanti sonagli appesi ai finimenti! — Ma poi ci pensò su e si fece dare una lesina e un sacchetto di bambagia. Con la lesina fece un buco nella parete di legno della stalla e riuscì a ficcarsi dentro; poi cominciò a dare delle punzecchiature di lesina alla pancia della cavalla. La cavalla scalciava e l'Uomo Selvatico, dal letto, sentiva rumore e diceva: — Povera bestia, ha male, stasera! Non vuol star quieta!

E Tabagnino dopo un po': un'altra punzecchiatura con la lesina! L'Uomo Selvatico si stancò di sentire scalciare la cavalla; andò in stalla, la fece uscire e la legò fuori all'aperto. Poi tornò a dormire. Il gobbo che era nascosto là al buio nella stalla, tornò fuori dal buco di prima, e con la bambagia riempì i sonagli della cavalla e le fasciò gli zoccoli. Poi la slegò, montò in sella e galoppò via in silenzio. Di lì a un poco, l'Uomo Selvatico come al solito si svegliò e andò alla finestra. — Pappagallo che ora è?

— È l'ora che il gobbo Tabagnino ti porta via la cavalla!

L'Uomo Selvatico avrebbe voluto inseguirlo, ma la cavalla l'aveva Tabagnino e chi la pigliava più?

Il Re tutto contento, disse: — Adesso voglio il pappagallo.

— Ma il pappagallo parla e grida!

— Pensaci tu.

Il gobbo si fece dare due zuppe inglesi, una più buona dell'altra, poi confetti, biscotti e tutti i generi di dolci. Mise tutto in una sporta e andò. — Guarda, pappagallo — gli disse piano, guarda cos'ho per te. Sempre di questa avrai se vieni con me.

Il pappagallo mangiò la zuppa inglese e disse: — Buona!

Così a furia di zuppa inglese, biscottini, confetti e caramelle, Tabagnino se lo portò via con sé, e quando l'Uomo Selvatico andò alla finestra, domandò: — Pappagallo, che ora è? Dico: che ora è? Eh, mi senti? Che ora è? — Corse nel pollaio e lo trovò vuoto.

Al palazzo del Re, quando Tabagnino arrivò col pappagallo ci fu gran festa. — Adesso che hai fatto tutto questo — disse il Re — non ti resta che di fare l'ultima.

— Ma non c'è più niente da prendere! — disse il gobbo.

— E come? — fece il Re — c'è il pezzo più grosso. Devi portarmi l'Uomo Selvatico in persona.

— Proverò, Sacra Corona. Basta che mi faccia un abito che non si veda la gobba, e che mi faccia cambiare i connotati.

Il Re chiamò i più bravi sarti e parrucchieri e gli fece fare dei vestiti che non si riconosceva più, e poi una parrucca bionda e due bei baffi. Così truccato, il gobbo andò dall'Uomo Selvatico e lo trovò in un campo che lavorava. Lo salutò cavandosi il cappello.

— Cosa cercate?

— Sono il fabbricante di casse da morto — disse Tabagnino — e cerco delle assi per la cassa del gobbo Tabagnino, che è morto.

— Oh! È crepato, finalmente! — disse l'Uomo Selvatico. — Son tanto contento che le assi ve le darò io e potete fermarvi qui a fare la cassa.

— Volentieri — disse il gobbo. — L'unico inconveniente è che qui non posso prendere le misure del morto.

— Se non è che per questo — disse l'Uomo Selvatico — quel birbone era pressappoco della mia statura. Potete prendere la mia misura.

Tabagnino si mise a segare le assi e a inchiodare. Quando la cassa fu pronta, disse: — Ecco, adesso proviamo se è della grandezza giusta.

L'Uomo Selvatico ci si sdraiò dentro. — Proviamo col coperchio. — Ci mise sopra il coperchio e lo inchiodò. Poi prese la cassa e la portò dal Re.

Vennero tutti i signori dei dintorni, misero la cassa in mezzo a un prato e le diedero fuoco. Poi ci fu una gran festa, perché il Regno era stato liberato da quel mostro.

Il Re nominò Tabagnino suo segretario e sempre lo tenne in grande onore.

Lunga la fola, stretta la via
Dite la vostra che ho detto la mia.

(Bologna)

Un Re s'ammalò. Vennero i medici e gli dissero: — Senta, Maestà, se vuol guarire, bisogna che lei prenda una penna dell'Orco. È un rimedio difficile, perché l'Orco tutti i cristiani che vede se li mangia.

Il Re lo disse a tutti ma nessuno ci voleva andare. Lo chiese a un suo sottoposto, molto fedele e coraggioso, e questi disse: — Andrò.

Gli insegnarono la strada: — In cima a un monte, ci sono sette buche: in una delle sette, ci sta l'Orco.

L'uomo andò e lo prese il buio per la strada. Si fermò in una locanda, e il locandiere, nel discorrere: — Se tu mi portassi una penna anche a me, visto che fan tanto bene…

— Sì, gliela porto volentieri — disse l'uomo.

— E se gli parli, all'Orco, vedi un po' di domandargli della mia figliola, che è tanti anni che m'è sparita e non so più dov'è.

Al mattino l'uomo proseguì. Arrivò a un fiume, chiamò il barcaiolo e si fece passare. Nel tragitto, si misero a discorrere.

— Me la porta una penna anche a me? — chiese il barcaiolo. — So che portano fortuna.

— Sì, sì, gliela porto.

— E se poi gli può domandare come mai è tanti anni che sono qui, e non riesco a uscire dalla barca.

— Glielo dirò.

Sbarcò e continuò la strada. A una fontana si sedette a mangiare un po' di pane. Vennero due signori ben vestiti e si sedettero anche loro lì a discorrere.

— Perché non ne portereste una anche a noi? — gli chiesero.

— E perché no?

— E poi dovreste domandare all'Orco la ragione d'una cosa. Nel nostro giardino, una volta, c'era una fontana che versava oro e argento. E ora s'è asciugata.

— Sì, glielo domanderò senz'altro.

Riprese la via e rivenne buio. C'era un convento e lui bussò. Vennero i frati ad aprire e chiese asilo.

— Passi, passi.

Si mise a raccontarla ai frati. E i frati: — Ma le sa bene tutte le condizioni?

— M'hanno detto che ci sono sette buche. In fondo a una buca c'è una porta. Busso, e c'è l'Orco.

— Eh, galantuomo mio — disse il Priore — se non siete avvisato di tutte le condizioni, ci rimetterete la pelle. Credete che sia una bestia da nulla, l'Orco? Ora vi dico. Vuol dire che noi facciamo un piacere a voi e voi ce lo farete a noi.

— D'accordo.

— Sentite. Quando siete in cima alla montagna contate sette buche: la settima è quella dell'Orco. E voi scenderete in quella. In fondo a queste buche c'è un buio che non ci si vede di qua a là. Noi vi daremo una candela e dei fiammiferi, e così ci vedrete. Ma bisogna che andiate là a mezzogiorno in punto, perché a quell'ora l'Orco non c'è. Ci sarà la sua sposa, invece, che è una brava ragazza e vi avviserà di tutto. Perché se vi imbattete subito nell'Orco, vi mangia in un boccone.

— Avete fatto bene a dirmelo: tutte cose che non sapevo.

— Adesso vi dico una cosa che dovrete domandargli per conto nostro. Siamo stati qui non so quanti anni in pace, ma da dieci anni non facciamo altro che litigare. Chi vuol questo, chi vuol quello, si grida, si è sempre sottosopra. Cosa vorrà dire?

L'uomo l'indomani mattina salì sulla montagna. Alle undici era in cima; si sedette a riposare. Quando suonò mezzogiorno s'infilò nella settima buca; c'era buio fitto ma lui accese la candela e vide una porta. Appena bussò gli aperse una bella ragazza. — Chi siete? Chi vi ha portato fin qui? Voi non sapete chi è mio marito! Tutti i cristiani che vede se li mangia.

— Io sono venuto per prendergli delle penne. Visto che ci sono, tento. Se poi mi mangia, amen.

— Senti, io sto qui da tanti anni e non ne posso proprio più. Se tu sai fare bene, scappiamo tutti e due. Non ti deve vedere, se no ti mangia; ma io ti metterò sotto

il letto. Quando lui verrà a letto io gli strapperò le penne. Quante?

— Quattro penne. — E le raccontò tutto, del Re, del locandiere, del barcaiolo, dei due signori, dei frati, e delle loro domande.

Così parlando, pranzarono. Intanto s'era fatta un'ora tarda. La giovane si mise a far da mangiare per l'Orco.

— Quando ha fame sente subito il puzzo degli esseri umani; quando ha mangiato non lo sente più. Se no, povero te!

Alle sei, si sentì un gran rumore alla porta, e l'uomo, svelto, si cacciò sotto il letto. Entrò l'Orco, e cominciò a dire:

Mucci mucci,
Qui c'è puzza di cristianucci
O ce n'è, o ce n'è stati
O ce n'è di rimpiattati.

— Macché — disse la moglie. — Non capite più niente dalla fame. Mettetevi a mangiare.

L'Orco si mise a mangiare, ma l'odore di essere umano continuava a sentirlo, tant'è vero che dopo mangiato continuava a girare per la casa. Finalmente venne l'ora d'andare a letto. Si spogliarono, si misero sotto le coperte, e l'Orco s'addormentò.

L'uomo sotto il letto stava tutto orecchi. — Sta' attento — gli disse la donna sottovoce. — Ora faccio finta di sognare e gli strappo una penna. — Tirò via una penna e la passò a lui sotto il letto.

— Ahi! Che fai? Mi spenni! — disse l'Orco.

— Oh… Stavo sognando…

— Cosa sognavi?

— Sognavo quel convento laggiù. Da dieci anni i frati sono così cattivi, che non riescono più a vivere assieme.

— Non è mica un sogno: è la verità — disse l'Orco. — Quei frati sono così cattivi perché da dieci anni è entrato in convento il Diavolo vestito da prete.

— E cosa ci vorrebbe per farlo andar via?

— Bisognerebbe che i frati veri si mettessero a fare buone azioni. Allora s'accorgerebbero di chi è il Diavolo — e così dicendo l'Orco si riaddormentò.

Di lì a un quarto d'ora, la moglie gli tirò via un'altra penna e la porse all'uomo sotto al letto.

— Ahi! Che male m'hai fatto!

— Sognavo.

— Di nuovo! E cosa sognavi?

— La fontana laggiù, nel giardino di quei due signori, che versava oro e argento. Sognavo che era secca. Chissà cosa vuol dire?

— Stanotte fai tutti sogni veri. La fontana è turata e non può più buttare oro e argento. Bisognerebbe che scavassero su per il buco della fontana ma facendo adagio adagio: troverebbero una palla e attorno a questa palla una biscia addormentata. Dovrebbero schiacciare la testa della biscia sotto la palla prima che la biscia se ne accorga, e la fontana allora ributterebbe oro e argento.

Dopo un quarto d'ora gli strappò ancora una penna.

— Ahi! Stanotte hai deciso di spennarmi.

— Abbi pazienza: sognavo.

— E che cosa ancora?

— Un barcaiolo, là sul fiume, che da tanti anni non riesce a uscire dalla barca.

— Anche questo è vero. Lui non sa quello che dovrebbe fare: il primo che entra nella barca, dopo che ha pagato, invece di far scendere quello, deve scendere prima lui. Così ci rimarrebbe quello, e lui andrebbe via.

La moglie gli strappò la quarta penna. — Ma che fai, accidenti!

— Perdonami: continuo a sognare. Sognavo un locandiere che da tanti anni aspetta una figliola che s'è smarrita.

— Sognavi di tuo padre, vuoi dire. Perché sei tu la figlia di quel locandiere…

Alla mattina alle sei, l'Orco s'alzò, salutò la moglie e andò via. Allora l'uomo uscì da sotto il letto, con le quattro penne involte in un pacchetto, prese sottobraccio la giovane e scapparono insieme.

Passarono dal convento e spiegarono ai frati: — Sentite, m'ha detto l'Orco che uno tra voialtri è il Diavolo. Dovete mettervi a far del gran bene e lui scappa.

I frati si misero a fare buone azioni finché il Diavolo scappò.

I due passarono dal giardino; diedero una penna ai due signori e spiegarono loro della biscia. E la fontana si rimise a buttare oro e argento.

Arrivarono dal barcaiolo. — Ecco la penna!

— Vi ringrazio. E di me, cos'ha detto?

— Ora non glielo dico. Glielo dirò quando sarò passato.

Una volta sbarcati, gli spiegarono come doveva fare.

Giunto alla locanda, l'uomo gridò: — Locandiere, sono qui con penna e figlia! — Il locandiere voleva dargliela subito in isposa.

— Aspetta che vado a portare la penna al Re e gli chiedo licenza.

Portò la penna al Re, che guarì e gli diede una mancia. L'uomo disse: — Ora se Vostra Maestà permette, vado alle mie nozze. — Il Re gli raddoppiò la mancia e lui andò. Arrivò alla locanda, ma l'Orco s'era accorto della sparizione della giovane e correva per riprenderla e mangiare tutti in un boccone. Arrivò al fiume e saltò nella barca. — Paghi il traghetto — disse il barcaiolo. L'Orco pagò e non immaginando che il barcaiolo sapesse il segreto non fece attenzione: il barcaiolo saltò a riva per primo, e l'Orco non poté più uscire dalla barca.

(Toscana)

LA BARBA DEL CONTE

Pocapaglia era un paese così erto, in cima a una collina dai fianchi così ripidi, che gli abitanti, per non perdere le uova che appena fatte sarebbero rotolate giù nei boschi, appendevano un sacchetto sotto la coda delle galline.

Questo vuol dire che i Pocapagliesi non erano addormentati come si diceva, e che il proverbio

Tutti sanno che a Pocapaglia
L'asino fischia e il suo padrone raglia

era una malignità dei paesi vicini, i quali ce l'avevano coi Pocapagliesi solo per il fatto che erano gente tranquilla, che non gli piaceva litigare con nessuno.

— Sì, sì — era tutto quello che rispondevano i Pocapagliesi — aspettate che torni Masino, e vedrete chi raglierà di più, tra voi e noi.

Masino era il più sveglio dei Pocapagliesi e il più benvoluto da tutto il paese. Non era robusto più degli altri, anzi, a vederlo non gli si sarebbe dato un soldo, ma era furbo dalla nascita. Sua madre, appena nato, vedendolo così piccino, per tenerlo in vita e irrobustirlo un po', gli aveva fatto fare un bagno nel vino caldo. Suo padre, per scaldare il vino, ci aveva messo dentro un ferro di cavallo rosso come il fuoco. Così Masino aveva preso attraverso la pelle la furbizia che c'è nel vino e la resistenza che c'è nel ferro. Dopo questo bagno, perché si rinfrescasse, sua madre l'aveva messo in culla in un guscio di castagna ancora verde, che, essendo amaro, dà intelligenza.

In quei tempi, mentre i Pocapagliesi aspettavano il ritorno di Masino, che da quando era partito soldato non aveva fatto più ritorno al paese e adesso pareva fosse dalle parti dell'Africa, cominciarono a succedere a Pocapaglia fatti misteriosi. Ogni sera capitava che buoi e vacche che tornavano dal pascolo in pianura venivano rubati dalla Maschera Micillina.

La Maschera Micillina stava appostata nei boschi sotto il paese e bastava un suo soffio per portare via un bue. I contadini, a sentirla frusciare nei cespugli dopo il tramonto, battevano i denti e cascavano tramortiti, tanto che si diceva:

La Maschera Micillina
Ruba i buoi dalla cascina,
Guarda con l'occhio storto,
E ti stende come morto.

I contadini la notte presero ad accendere dei grandi

falò perché la Maschera Micillina non s'azzardasse a uscire dai cespugli. Ma la Maschera s'avvicinava senza farsi sentire al contadino che stava da solo a far la guardia alle bestie vicino al falò, lo tramortiva con un soffio, e alla mattina quando si svegliava non trovava più né vacche né buoi, e i compagni lo sentivano piangere e disperarsi e darsi pugni sulla testa. Tutti allora si mettevano a battere i boschi per cercare tracce delle bestie, ma non trovavano che ciuffi di pelo, forcine, e orme di piedi lasciate qua e là dalla Maschera Micillina.

Andò avanti così per mesi e mesi, e le vacche sempre chiuse in stalla diventavano tanto magre che per pulirle non ci voleva più la spazzola ma un rastrello che passasse tra costola e costola. Nessuno osava più portare le bestie alla pastura, nessuno osava più entrare nel bosco, e i funghi porcini del bosco, siccome nessuno li coglieva, diventavano grossi come ombrelli.

A rubare negli altri paesi la Maschera Micillina non ci andava, perché sapeva che gente tranquilla e senza voglia di litigare come a Pocapaglia non c'era in nessun posto, e ogni sera quei poveri contadini accendevano un falò nella piazza del paese, le donne e i bambini si chiudevano nelle case, e gli uomini restavano intorno al grande fuoco a grattarsi la testa e a lamentarsi. Gratta e lamenta oggi, gratta e lamenta domani, i contadini decisero che bisognava andare dal Conte a chiedere aiuto.

Il Conte abitava in cima al paese, in una grande cascina rotonda, con intorno un muraglione seminato di cocci di vetro. E una domenica mattina, tutti insieme, arrivarono col cappello in mano, bussarono, gli fu aperto, entrarono nel cortile davanti alla casa rotonda del Conte, tutta ringhiere e finestre sprangate. Intorno al cortile c'erano seduti i soldati del Conte, che si lisciavano i baffi con l'olio per farli luccicare e guardavano brutto i contadini. E in fondo al cortile, su una sedia di velluto, c'era il Conte, con la barba nera lunga lunga, che quattro soldati con quattro pettini stavano pettinando dall'alto in basso.

Il più vecchio dei contadini si fece coraggio e disse:
— Signor Conte, abbiamo osato di venire fino a lei, per dirle qual è la nostra sventura che tutte le bestie andando nel bosco c'è la Maschera Micillina che se le piglia — e così, tra sospiri e lamenti, con gli altri contadini che facevano sempre segno di sì, gli raccontò tutta la loro vita di paura.

Il Conte restò zitto.

— E noi siamo qui venuti — disse il vecchio — per osare di chiedere un consiglio a Sua Signoria.

Il Conte restò zitto.

— E siamo qui venuti — aggiunse — per osare di chiedere a Sua Signoria la grazia di venirci in aiuto, perché se ci concede una scorta di soldati potremmo portare di nuovo in pastura le nostre bestie.

Il Conte scosse il capo. — Se concedo i soldati — disse — devo concedere anche il capitano...

I contadini stavano a sentire, con un filo di speranza.

— Ma se mi manca il capitano — fece il Conte — allora, alla sera, con chi potrò giocare a tombola?

I contadini si misero in ginocchio: — Ci aiuti, signor Conte, per pietà! — I soldati intorno sbadigliavano e si ungevano i baffi.

Il Conte scosse ancora il capo e disse:

Io sono il Conte e conto per tre
E se la Maschera non l'ho mai vista
Vuol dire che di Maschere non ce n'è.

A quelle parole i soldati sempre sbadigliando presero i fucili e a passo lento caricarono i contadini a baionetta in canna, finché non sgombrarono il cortile.

Tornati sulla piazza, scoraggiati, i contadini non sapevano più cosa fare. Ma il più vecchio, quello che aveva parlato al Conte, disse: — Qui bisogna mandare a chiamare Masino!

Così si misero a scrivere una lettera a Masino e la mandarono in Africa. E una sera, mentre erano raccolti come al solito attorno al falò della piazza, Masino ritornò. Figuratevi le feste, gli abbracci, le marmitte di vino caldo con le spezie! E — Dove sei stato! — e — Cos'hai visto? — e — Sapessi quanto siamo disgraziati!

Masino prima li lasciò raccontare loro, poi si mise a raccontare lui: — Nell'Africa ho visto cannibali che non potendo mangiare uomini mangiavano cicale, nel deserto ho visto un pazzo che per scavare acqua s'era fatto crescere le unghie dodici metri, nel mare ho visto un pesce con una scarpa e una pantofola che voleva essere re degli altri pesci perché nessun altro pesce aveva scarpe né pantofole, in Sicilia ho visto una donna che aveva settanta figli e una pentola sola, a Napoli ho visto gente che camminava stando ferma perché la chiacchiera degli altri la spingeva avanti; ho visto chi la vuol nera, ho visto chi la vuol bianca, ho visto chi pesa un quintale, e chi è grosso come una scaglia, ho visto tanti che hanno paura, ma mai come a Pocapaglia.

I contadini chinarono il capo, pieni di vergogna, perché Masino trattandoli da paurosi, li aveva toccati nel punto debole. Ma Masino non voleva prendersela con i suoi compaesani. Si fece raccontare tutti i particolari della storia della Maschera e poi disse: — Adesso faccio tre domande e dopo, suonata mezzanotte, andrò a prendervi la Maschera e ve la porterò qui.

— Domanda! Domanda! — dissero tutti.

— La prima domanda è al barbiere. Quanti sono venuti da te questo mese?

E il barbiere rispose:

Barbe lunghe e barbe corte,
Barbe molli e barbe storte,
Capelli ricci e capelli brutti,
Le mie forbici li han tagliati tutti.

— E ora a te, ciabattino, quanti ti hanno portato gli zoccoli da aggiustare, questo mese?

— Ahimè — disse il ciabattino.

Facevo zoccoli di legno e cuoio,
Ben ribattuti chiodo per chiodo,
Facevo scarpe di seta e serpente,
Ma ora non han soldi e non mi fan far più niente.

— Terza domanda a te, cordaio: quante corde hai venduto in questo mese?

E il cordaio:

Corde ritorte, corde filate,
Corde di paglia a strisce e intrecciate,
Corde da pozzo, di vimini e spago,
Grosse un braccio, sottili un ago,
Forti di ferro, molli di strutto,
In questo mese ho venduto tutto.

— Basta così — disse Masino, e si coricò accanto al fuoco. — Adesso dormo due ore perché sono stanco. A mezzanotte svegliatemi, e andrò a prendere la Maschera. — Si coprì la faccia col cappello e s'addormentò.

I contadini stettero zitti fino a mezzanotte, trattenendo perfino il respiro per paura di svegliarlo. A mezzanotte Masino si riscosse, sbadigliò, bevve una tazza di vino caldo, sputò tre volte nel fuoco, s'alzò senza guardare nessuno di quelli che gli stavano intorno, e prese per la via del bosco.

I contadini rimasero ad aspettare, guardando il fuoco che diventava brace, e la brace che diventava cenere, e la cenere che diventava nera, fino a quando non tornò Masino. E chi si portava dietro Masino, tirandolo per la barba? Il Conte, il Conte che piangeva, tirava calci, chiedeva pietà.

— Ecco la Maschera! — gridò Masino. E poi subito: — Dove l'avete messo il vino caldo?

Il Conte, sotto gli occhi sgranati di tutti i paesani, cercò di farsi più piccolo che poteva, si sedette per terra tutto rannicchiato come una mosca che ha freddo.

— Non poteva essere uno di voi — spiegò Masino

— perché siete andati tutti dal barbiere e non avete pelo da perdere nei cespugli; e poi c'erano quelle impronte di scarpe grosse e pesanti mentre voi andate scalzi. E non poteva essere uno spirito perché non avrebbe avuto bisogno di comprare tante corde per legare le bestie rubate e portarle via. Ma dov'è questo vino caldo?

Il Conte, tutto tremante, cercava di nascondersi nella barba che Masino gli aveva arruffato e strappato per tirarlo fuori dai cespugli.

— E come mai ci tramortiva con lo sguardo? — domandò un contadino.

— Vi dava una legnata in testa con un bastone coperto di stracci, così sentivate solo un soffio per aria, non vi lasciava il segno, e vi svegliavate con la testa pesante.

— E le forcine che perdeva? — domandò un altro.

— Gli servivano per legarsi la barba sulla testa, come i capelli delle donne.

I contadini erano stati a sentire in silenzio, ma quando Masino disse: — E adesso, cosa volete farne? — scoppiò una tempesta di grida: — Lo bruciamo! Lo peliamo! Lo leghiamo a un palo da spaventapasseri! Lo chiudiamo in una botte e lo facciamo rotolare! Lo mettiamo in un sacco con sei gatti e sei cani!

— Pietà! — diceva il Conte con un fil di voce.

— Fate così — dice Masino — vi restituirà le bestie e vi pulirà le stalle. E visto che gli è piaciuto andar di notte nei boschi, sia condannato a continuare ad andarci tutte le notti, a far fascine per voialtri. E dite ai bambini che non raccolgano mai le forcine che troveranno per terra, perché sono quelle della Maschera Micillina, che non riuscirà più a tenersi in ordine i capelli e la barba.

E così fu fatto. Poi Masino partì per il giro del mondo, e lungo il giro gli capitò di fare una guerra dopo l'altra, tutte così lunghe che ne venne il proverbio:

O soldatin di guerra,
Mangi mal, dormi per terra,
Metti la polvere nei cannon,
Bim-bon!

(Piemonte)

Nota

Molte delle fiabe di questo libro si raccontano quasi alla stessa maniera pressappoco in tutta Italia: per esempio *Giovannin senza paura*, *L'Uccel Belverde*, *Cecino*, *Il bambino nel sacco*, *I due gobbi*, *Bellinda e il Mostro*, *Rosmarina*, *Pomo e Scorzo*. Se le ho presentate come «fiaba fiorentina» o «fiaba abruzzese» è solo perché tra le varie versioni dialettali di cui disponevo ho scelto la più ricca e bella, talvolta integrandola con particolari di altre versioni. Di certi tipi di fiabe diffuse in Italia e in Europa, la versione che presento ha qualche caratteristica che la contraddistingue dalle altre: come *Il naso d'argento, variante di Barbablù* o *Le ochine*, variante dei *Tre porcellini*.

Le fonti delle quali mi sono servito sono ampiamente specificate nell'introduzione e nelle note dell'edizione completa della mia raccolta (*Fiabe italiane*, Einaudi, 1956 ed edizioni seguenti). Alcune fiabe sono state trascritte per la prima volta per essere pubblicate nel mio libro: per esempio, *Le ochine*, raccolta a Siena da Olga Cocchi, e *La barba del Conte* raccolta a Bra e dintorni da Giovanni Arpino. Le altre erano già state pubblicate da studiosi di folklore e i criteri del mio intervento variano a seconda del materiale di cui disponevo. In particolare tutte le fiabe siciliane qui presentate provengono dai quattro volumi di *Fiabe, novelle e racconti popolari siciliani* di Giuseppe Pitrè (Palermo 1875). Nel caso del Pitrè che dà testi molto belli e ricchi, io mi sono limitato a tradurre dal dialetto; lo stesso si può dire per le fiabe pugliesi raccolte dal Pellizzari, o le marchigiane del Gianandrea, o le bolognesi della Coronedi-Berti. In altri casi, come per le piemontesi pubblicate in gran parte in riassunti italiani da Domenico Comparetti, o le liguri riassunte in francese dall'Andrews, o le toscane le cui raccolte sono condotte con criteri molto diversi da Comparetti, Imbriani, Nerucci e dallo stesso Pitrè, il mio intervento è stato più sensibile, sia nel ritmo della narrazione, sia nella contaminazione di varianti tratte da versioni diverse, sia permettendomi qualche piccola invenzione verbale o stilistica o di contenuto.

INDICE

ITALO CALVINO

L'AUTORE

Di origine ligure, è nato a Santiago de Las Vegas, a Cuba, nel 1923. Ha vissuto sempre in Italia, tra Sanremo, Torino e Roma, eccetto un lungo periodo trascorso a Parigi. Intellettuale di grande impegno politico e dai molteplici interessi editoriali e letterari, Calvino fu protagonista del panorama culturale dell'Italia del secondo dopoguerra.

Tra i suoi libri ricordiamo quelli ispirati all'esperienza della guerra e della lotta partigiana: *Il sentiero dei nidi di ragno*, *Ultimo viene il corvo* e *L'entrata in guerra*; i racconti del periodo torinese: *La speculazione edilizia*, *La nuvola di smog*, *La formica argentina*, *La giornata di uno scrutatore*, e le opere dalla struttura narrativa particolarmente originale, come le *Cosmicomiche*, *Ti con zero*, *Le città invisibili*, *Il castello dei destini incrociati*, *Se una notte d'inverno un viaggiatore*, *Palomar*.

Nella vasta produzione dell'autore, un posto a parte spetta alla trilogia "I nostri antenati", di cui fanno parte *Il visconte dimezzato*, *Il barone rampante*, *Il cavaliere inesistente*.

Ai bambini e ai ragazzi Calvino ha dedicato alcuni adattamenti di sue opere per adulti, i racconti di *Marcovaldo* e piccole preziose storie come *La foresta-radice-labirinto*. Dall'opera *Fiabe italiane*, da lui raccolte e trascritte, ha tratto una scelta: *L'Uccel Belverde e altre fiabe italiane*.

Dopo la sua morte, avvenuta nel 1985, sono state pubblicate le *Lezioni americane* che Calvino avrebbe dovuto tenere di lì a pochi mesi all'Università di Harvard, considerate il suo testamento letterario.

EMANUELE LUZZATI

L'ILLUSTRATORE

È nato a Genova nel 1921 e qui è morto nel 2007. Si è diplomato all'Ecole des Beaux Arts di Losanna, dove si era rifugiato per sfuggire alle leggi razziali del regime fascista.

Pittore, decoratore, illustratore, ceramista di straordinario talento, si è dedicato sia all'illustrazione di libri per l'infanzia che alla realizzazione di scene e costumi teatrali per alcune delle più importanti compagnie nazionali e internazionali. È stato tra i fondatori del "Teatro della Tosse" di Genova e ha ricevuto due nomination all'Oscar per i suoi film d'animazione: *La Gazza ladra* e *Pulcinella*. Gli sono state dedicate innumerevoli mostre e nel 2000, al Porto Antico di Genova, è stato inaugurato un museo che porta il suo nome.